TOO GOOD TO BE TRUE
VERLIEBEN VERBOTEN

ROMAN

ANNA WHISPERS

ANNA
WHISPERS

TOO GOOD
TO BE TRUE

VERLIEBEN VERBOTEN

1. Auflage 2019

Umschlaggestaltung & Buchsatz:
Catrin Sommer – www.rausch-gold.com
Lektorat: Sophia Chase
Korrektur: Franziska Krassnitzer

Kontakt:
annawhispermail@gmail.com
Anna Whispers
c/o AutorenServices.de
Birkenallee 24
36037 Fulda

An jeden, der diese Zeilen liest:
Du bist schön so wie du bist!

TOP SECRET

Kennst du dieses Phänomen?

Du liegst in deinem gemütlichen Bett, schließt deine Augen, stellst alle Gedanken auf Autopiloten um und schläfst sofort ein? Nein?! Ich nämlich auch nicht! Es ist 2:41 Uhr und ich kann einfach nicht schlafen. Warum ich das nicht kann? Gute Frage.

Vielleicht liegt es daran, dass ich PMS habe. Möglicherweise liegt es aber auch an dieser tickenden Wanduhr, die mich schon seit längerer Zeit um den Verstand bringt. Oder der Grund ist dieser bildhübsche Typ, der mir seit heute Vormittag im Kopf herumspukt. Spuken nicht Spucken. Natürlich hat er mich nicht angespuckt. Das wäre ziemlich gemein gewesen und dafür hätte er mich erst einmal richtig wahrnehmen müssen. Das hat er aber natürlich nicht getan. Auch nicht, als ich ihn unabsichtlich in dem kleinen Café, neben der Uni, angerempelt habe und ihn dabei angesehen habe, als wäre er das achte Weltwunder. Wie nannte ihn die aufgetakelte Blondine an seiner Seite, die es mit der letzten Blondierung wohl zu gut gemeint hat?

»Phiiiil …«, imitiere ich ihre süßliche, schrille Stimme und schüttele über mich selbst den Kopf. *Verdammt Mia, du hörst dich ziemlich verbittert an …*

Ich knipse das Licht neben meinem Bett an und stehe auf. Wenn ich schon nicht schlafen kann, dann will ich wenigstens etwas Produktives machen. Zuerst entferne ich diese tickende Zeitbombe an meiner Wand und fühle mich kurzzeitig befriedigt. Diese Befriedigung hält aber nur solange an, bis ich mein desaströses Aussehen im Spiegel begutachte. Okay, desaströs ist vielleicht ein bisschen übertrieben. Wer sieht denn schon wie aus dem Ei gepellt aus, nachdem er sich die halbe Nacht von einer Seite zur anderen gewälzt hat? Wohlgemerkt mit PMS. Halbherzig versuche ich meine wild abstehenden Locken mit den Fingern zu bändigen, gebe dieses Vorhaben aber nach kurzer Zeit schon wieder auf.

Wieso versuche ich es überhaupt, wenn es doch sowieso keinen Sinn hat? Das heillose Durcheinander auf meinem Kopf lässt sich nämlich selten bezwingen. Eigentlich mag ich meine blonden Locken ja irgendwie. An guten Tagen sehen sie nämlich gar nicht schlecht aus. Manche Frau würde dafür sogar sehr viel Geld beim Frisör lassen und mir wurden sie einfach in die Wiege gelegt. Ebenso wie mein nicht zu verachtender Hintern und mein üppiges Dekolleté. Ich bin nicht dick, das weiß ich. Aber 65 Kilo verteilt auf meine 160 cm sehen anders aus, als bei einem Model, das gut 20 cm größer ist.

Genervt von mir selbst, muss ich wieder an diesen Typen

denken, mit dem ich zusammengestoßen bin. Verdammt, er war wirklich heiß. Sehr heiß sogar. Seine grünen Augen haben mich kurz angefunkelt, als ich ihn angerempelt habe und ich konnte sogar den Anflug eines Lächelns auf seinen Lippen erkennen. Vielleicht wollte er mich aber auch nur auslachen, wer weiß. Erfahren werde ich das wahrscheinlich nie.

Als mein Wecker viel zu früh klingelt, drücke ich murrend auf die Schlummertaste. Irgendwann bin ich wohl doch noch eingeschlafen, bereue es aber jetzt schon, denn ohne Schlaf wäre ich vermutlich besser dran gewesen. Klingelversuch Nummer zwei bleibt dank meiner schnellen Reaktion auch erfolglos. Aber als das unnachgiebige Ding auf meinem Nachttisch zum dritten Mal zu klirren beginnt, stehe ich fluchend auf. Ich liebe diese Tage die so beginnen … nicht.

Im Halbschlaf ziehe ich mir eine Skinny Jeans und ein weißes Shirt an und trotte wie ein Zombie ins Bad. Schnell putze ich meine Zähne, lege etwas Mascara auf und überschminke notdürftig den PMS verschuldeten Pickel auf meiner Stirn. Für meine Löwenmähne bleibt keine Zeit mehr, also binde ich meine Haare zu einem hohen Pferdeschwanz zusammen.

Als ich auf mein Handy sehe, trifft mich fast der Schlag. Ich bin viel zu spät dran! Ich hechte aus dem Bad, übersehe dabei die halb geöffnete Tür und sehe nur noch Sternchen.

»Verdammt tut das weh …«, jammere ich vor mich hin und fasse an meine Stirn. Natürlich entwickelt sich in Windeseile ein wunderschönes Horn, das mich heute den ganzen Tag begleiten wird. Meine Beule reibend und fluchend, verlasse ich das Bad, packe alle Sachen, die ich für die Uni benötige in meine Tasche und mache mich auf den Weg.

Die Fahrt zur Uni gelingt Gott sei Dank ohne große Komplikationen und ich bin guter Hoffnung, dass der Tag ebenso ruhig verlaufen wird.

Das Schicksal meint es aber anscheinend nicht gut mit mir. Denn ich bin so vertieft in meine Unterlagen, dass ich ihn nicht kommen sehe. Dieses Mal werde ich angerempelt und plumpse sehr galant auf meinen Allerwertesten.

»Was zum ...«, will ich gerade los wüten. Allerdings bleiben mir die Worte im Hals stecken, da ich schon wieder in das Gesicht des wohl hübschesten Typens, der mir bislang über den Weg gelaufen ist, blicke. Dieser Phil mustert mich leicht schuldbewusst, aber auch amüsiert und streckt mir sogar seine Hand hin. Weil ich diese aber gekonnt ignoriere, zieht er eine Augenbraue nach oben, während ich demonstrativ alleine aufstehe.

»Sorry, ich habe dich nicht gesehen. Hast du dir weh getan?«, fragt er nach, wobei mir das tiefe Timbre seiner Stimme direkt in mein Höschen fährt und eine Scheißwut in mir hochkommen lässt.

»Ach was, wäre mir gar nicht aufgefallen ... und nein alles gut, ich bin ja gut gepolstert!«, gebe ich leicht zickig zur Antwort und klopfe meine Hände an meiner Hose ab. »Ich hoffe für dich, dass sich da kein Dreckfleck auf meinem Arsch befindet. Ich habe heute nämlich noch einen langen Tag vor mir und hab keine Lust, dass mir jeder Typ auf mein Ding da hinten glotzt!« Um meine Worte zu unterstreichen drehe ich mich um und gebe ihm einen netten Ausblick auf meinen Hintern.

Sein Blick folgt meiner Bewegung und ein leichtes Lächeln umspielt seinen Mundwinkel. »Alles gut, kann man so lassen«, bestätigt er mir zwinkernd und macht sich dann auf den Weg in die entgegengesetzte Richtung. Leicht geschockt über seine Antwort, aber auch über mich selbst, sehe ich ihm hinterher.

»Achja, und nettes Horn hast du da auf der Stirn, Eichhörnchen«, lässt er mich noch wissen, als er sich kurz umdreht und danach gelassen davon schlendert.

Eichhörnchen? Ernsthaft?

Noch immer stehe ich absolut geschockt da, beobachte unbewusst seine mir zugewendete Kehrseite, die zugegebenermaßen wirklich sehr ansehnlich ist und muss erst einmal runterkommen.

Wow, ich werde ihm definitiv in Erinnerung bleiben. Mein fetter Arsch und dazu auch noch das Horn auf meiner Stirn. Genial. Könnte mir vielleicht auch jemand erklären, warum er mich *Eichhörnchen* nennt? Ich bin zwar klein, aber noch lange nicht so haarig.

Leicht außer Atem komme ich zehn Minuten zu spät zu meiner Vorlesung. Der Professor ist darüber natürlich nicht sehr amüsiert, aber ich habe momentan andere Probleme, um die ich mir Gedanken machen muss.

Problem Nummer eins ist mein schmerzender Hintern, auf dem sich gerade spürbar ein riesengroßer blauer Fleck entwickelt.

Autsch, der tut wirklich weh!

Der größere Teil meiner Gedanken befasst sich aber nicht mit dem Wohl meines Hinterns, sondern mit dem verdammt heißen Schönling, mit den stechend grünen Augen. Was macht er überhaupt hier? Ich habe ihn noch nie unter den Studenten oder in einer Vorlesung gesehen. Davon bin ich wirklich felsenfest überzeugt, denn er wäre mir definitiv aufgefallen.

So wie bestimmt auch allen anderen Mädels, Mia ...

Ich sollte mir nicht so viele Gedanken über ihn machen, denn eines steht ganz klar fest: Er spielt nicht in meiner Liga!

Er sieht einfach überdurchschnittlich gut aus, mit seinen braunen Haaren, die ihm locker in die Stirn fallen, diesen stechenden Augen, die wohl so manche Frau bis in den Schlaf verfolgen und diesen Grübchen, die sich mir wahrscheinlich für immer ins Gedächtnis gebrannt haben.

Vor mich hin träumend registriere ich den Professor nicht, der sich schnaubend vor mir aufbaut. »Fräulein Walther, es freut mich sehr, dass Sie uns – wenn auch zu spät – mit Ihrer Anwesenheit beehren. Wenn Sie aber meine Vorlesung als so unwichtig empfinden und sich lieber Ihren Tagträumen hingeben, dann wäre es besser, wenn Sie die Vorlesung verlassen würden. Auf der Stelle!« *Okay, da ist wohl heute jemand mit dem falschen Fuß aufgestanden ...*

Schuldbewusst lächle ich Professor Maier an und rattere in meinem Kopf die absurdesten Ausreden runter. Da es wohl nicht gut ankommen würde, wenn ich so etwas wie *„Ich habe mich nur ihren philosophischen Worten hingegeben..."* raushauen würde, lasse ich es lieber ganz sein. Ich entschuldige mich also höflich, packe meine Sachen ein und verlasse mit eingezogenem Kopf den Hörsaal. Da ich heute sowieso das Gesprächsthema Nummer eins sein werde, entschließe ich mich einfach nach Hause zu gehen. Dort kann ich mich wenigstens selbst bemitleiden und mich mental auf die Schicht in der Bar vorbereiten.

Zuhause angekommen, werfe ich meine Tasche in eine Ecke und gönne ich mir erst einmal ein Stück von dem leckeren Schokokuchen, den mir meine Oma gebacken hat. Ich weiß, ich habe mir eigentlich fest vorgenommen, nicht mehr allzu viel zu naschen. Aber wer kann denn bitte schon bei so einer süßen Sünde widerstehen? *Die hübsche Blondine an Phils Seite bestimmt!*

Oh wow … STOPP! Wo kommen denn bitte diese Gedanken her? Kritisch betrachte ich das überaus leckere Kuchenstück, das plötzlich gar nicht mehr so appetitlich aussieht und werfe es seufzend in den Müll.

»Ach, verdammt!«, ärgere ich mich über mich selbst und frage mich, wieso ich es zulasse, dass sich ein Typ wie Phil in mein Gedächtnis brennt. Überzeugt davon, dass all diese Gedanken nicht gut für mich sind, mache ich es mir auf der Couch gemütlich und schließe meine Augen. Vielleicht überkommt mich ja die Müdigkeit und ich kann mich noch ein bisschen ausruhen, bevor meine Schicht in der Studentenbar losgeht.

Als ich Stunden später hochschrecke, wundere ich mich darüber, dass ich tatsächlich noch einmal eingeschlafen bin. Ich sehe auf meine Uhr und stelle erleichtert fest, dass ich noch genügend Zeit habe, um mich für die Arbeit fertig zu machen.

Gähnend stehe ich auf, schlendere in mein Schlafzimmer und hole mein schwarzes Arbeitsshirt, das meine Oberweite wirklich gut in Szene setzt, aus meinem Kleiderschrank. Wie immer hoffe ich, dass dieser Aufzug für ordentlich Trinkgeld sorgen wird. Denn sind wir mal ehrlich, welcher Student muss denn nicht jeden Euro zweimal umdrehen. Leider gehöre ich zu dieser Sorte und bin froh, dass ich mir ein bisschen Kleingeld nebenbei verdienen kann.

Nachdem ich mich angezogen habe, gehe ich ins Badezimmer und nehme mir für meine Haare dieses Mal ein bisschen länger Zeit und kämme sie vorsichtig durch. Da sie gut fallen, bin ich nach einiger Zeit zufrieden und lege nur noch ein bisschen Lipgloss auf. Skeptisch betrachte ich mich im Spiegel und finde mich ausnahmsweise mal nicht so übel. Der Lipgloss steht mir wirklich gut und ich muss mich noch bei meiner besten Freundin Claire bedanken, da sie ihn mir geschenkt hat. Als ich damit fertig bin, mir selbst Komplimente zu machen, was ehrlich gesagt wirklich sehr selten vorkommt, schnappe ich mir meine Tasche und mache mich auf den Weg.

Pünktlich komme ich in der Bar an und staune nicht schlecht, da fast alle Tische besetzt sind und die Theke auch gut belagert wird. Ehrlich gesagt freue ich mich über den hohen Andrang, da mir so keine Zeit für meine Grübeleien bleiben wird.

Ich arbeite wirklich gerne in dieser kleinen, schnuckeligen Studentenbar. Die Bezahlung könnte zwar besser sein, aber ich komme etwas raus und hänge nicht andauernd über meinen Büchern. Deshalb bin ich auch äußert übermotiviert, versorge die Gäste mit Getränken und die Zeit vergeht wirklich schnell.

Bis eine Gruppe von Neuankömmlingen meine Aufmerksamkeit auf sich zieht. Sie setzen sich zu fünft an den runden Tisch in der Ecke und allesamt sehen so aus, als wären sie aus dem neuesten Modekatalog entstiegen. *Warte mal, Eine davon kommt mir doch bekannt vor?*

Als ich das blonde Püppchen, das bei meinem ersten Zusammenstoß mit Phil wie ein Klammeräffchen an ihm hing, wiedererkenne, seufze ich auf. Reicht es nicht, dass sie heute schon unfreiwillig von meinen Gedanken Besitz ergriffen hat? Eigentlich habe ich keinen Bock, ihre Bestellung aufzunehmen, denn sie wirft mir jetzt schon so missbilligende Blicke zu. Da mein Kollege Chris aber auch gerade mit einer Gruppe Studenten beschäftigt ist, muss ich wohl oder übel über meinen Schatten springen.

Deshalb lege ich mein freundlichstes Lächeln auf, mache mich auf den Weg zu ihnen und frage, was sie gerne zu trinken haben wollen. Die zwei Jungs, die wirklich sehr ansehnlich sind, bestellen Bier und die Mädels, von denen mich jede Einzelne kritisch begutachtet, bestellen nur stilles Mineralwasser mit Zitrone.

Als ich mich etwas zu schnell von ihnen abwende und auf die Bar zusteuere, pralle ich gegen eine harte Männerbrust und sehe mich schon wieder auf dem Boden liegen. Da der Aufprall aber ausbleibt und sich zwei starke Arme um mich legen, blinzele ich irritiert.

»Hey, Eichhörn …«, will Phil gerade meinen neugewonnenen Spitznamen aussprechen, als er sofort von mir unterbrochen wird.

»Mia ... M-I-A. Das ist mein Name«, fahre ich ihn leicht patzig an, wobei es mir im nächsten Moment sofort leid tut. Ich richte mich wieder auf und versuche mich unbeteiligt zu geben, vor allem, weil mir die ganze Geschichte absolut peinlich ist. »Sorry, heute ist einfach nicht mein Tag.« Versöhnlich lächle ich ihn an und zucke mit meinen Schultern. Dass ich am liebsten im Erdboden versinken würde, sieht man mir hoffentlich nicht an. »Kann ich dir auch was zu trinken bringen?«, frage ich deshalb schnell nach und hoffe, dass ich mich gleich aus dem Staub machen kann.

»Ich hätte gerne eine Cola. Aber warte, ich komme mit zur Bar.«

Ich sehe ihn überrascht an. »Nein, das musst du nicht. Ich schaffe das auch alleine!«, versuche ich ihn erfolglos von seiner Idee abzubringen. Er hat sich schon in Bewegungen gesetzt und mich einfach stehen gelassen. *Okay, dann solltest du dich wohl lieber an die Arbeit machen, Mia!*

Ich beobachte, wie er sich auf einen der Barhocker setzt und begebe mich mit langsamen Schritten hinter die Theke, um die Getränke vorzubereiten. Seine Augen haften durchgehend auf mir und ich werde von Sekunde zu Sekunde unruhiger, bis ich schließlich seinen Blick erwidere.

»Falls du dich über mich lustig machen möchtest, hast du dir heute keinen guten Tag ausgesucht. Ich kann heute nämlich nicht einmal über mich selber lachen. Also könnten wir so tun, als wäre das alles nicht passiert und alles ist wieder gut?«

Phil sieht mich für meinen Geschmack einen Moment zu lange an, streckt mir dann aber nach einiger Zeit seine Hand entgegen. Verwirrt betrachte ich sie.

»Hey, ich bin Phil. Nett dich kennenzulernen. Ich habe dich hier noch nie gesehen. Bist du neu hier?«, gibt er total ahnungslos von sich und deutet mit einer Kopfbewegung auf seine Hand.

Kopfschüttelnd, aber grinsend erwidere ich seinen Händedruck und muss leider feststellen, dass er perfekte Hände hat. Sie sind nicht rau, sehen gepflegt aus und seine Finger haben die perfekte Länge. Wie viele Mädels er damit schon um den Verstand gebracht hat?

Stopp diese Gedanken, Mia!!!

»Ähm hey, freut mich Phil. Ich bin Mia. Manch einer nennt mich auch Eichhörnchen. Wobei ich das nicht so recht verstehen kann. Ich meine *hallo,* so haarig bin ich doch gar nicht, oder?«, gespielt pikiert hebe ich eine Augenbraue und muss selbst kichern, als er schallend zu lachen beginnt.

»Okay, du hast mich. Soll ich dir ein Geheimnis verraten?«, fragt er geheimnisvoll nach und beugt sich leicht über den Tresen. Eine Zeit lang beobachtet er mich wieder nur stumm und schüttelt dann grinsend den Kopf. Erwartungsvoll hebe ich eine Augenbraue. »Ich würde dir wirklich gerne verraten, warum ich dich so nenne, aber das kann ich leider noch nicht. Dafür muss ich dich erst besser kennen lernen!«

Wow, flirtet er gerade mit mir?

Theatralisch seufzend mustere ich ihn und bin doch etwas enttäuscht über seine Antwort. Oder auch nicht? Bedeutet das jetzt, dass er mich besser kennenlernen möchte?

»Okay verstehe. Das ist also topsecret.« Ich atme tief durch, mime die Enttäuschte und wende mich dann ab, um die Getränke fertig vorzubereiten. »So, ich bin fertig und bringe die Getränke zu deinen Freunden. Du kannst dich ihnen natürlich wieder anschließen.« Mit einem Kopfnicken deute ich auf das Tablett in meinen Händen und mache mich auf den Weg.

Als er mir nicht folgt, drehe ich mich kurz um und lege meine Stirn in Falten. Es sieht nämlich nicht so aus, als würde er seinen Freunden Gesellschaft leisten wollen. Weiterhin sitzt er völlig entspannt auf dem Barhocker, eine Hand am Tresen angelehnt und beobachtet mich grinsend. *Okay, lass dich nicht aus der Ruhe bringen, Mia!*

Ich wende mich wieder ab, steuere den Tisch seiner Freunde an und danke dem Herrn, dass ich es schaffe, die Getränke unfallfrei zu servieren. Ich gebe mir Mühe, die tödlichen Blicke der Mädels zu ignorieren, aber einfach ist es nicht. Da ich keine Lust auf eine Auseinandersetzung mit ihnen habe, lächle ich entschuldigend vor mich hin und begebe mich zurück hinter den Tresen. Ich versuche bewusst nicht auf Phil zu achten und beginne einige Zitronen für die Cocktails aufzuschneiden. Jedoch bringt mich sein nächster Satz vollkommen aus der Fassung.

»Du hast also deine Hose nicht gewechselt?«, fragt er völlig ungerührt nach. Langsam drehe ich mich zu ihm um und bin mir bewusst, dass meine Blicke keineswegs von freundlicher Natur sind. Natürlich versucht er ihnen standzuhalten, schafft es aber nicht lange und lacht los.

»Du!«, deute ich anklagend auf ihn »Du hast gesagt da wäre nichts auf meinem Arsch!!!«

Mit betont unschuldigem Blick sieht er mich an, ehe er tief durchatmet und meiner Verzweiflung mit einer Erklärung ein Ende setzt. »Sorry Mia, da ist auch Nichts. Ich musste dich einfach verarschen. Du bist ein zu leichtes Opfer«, weiht mich Phil ein, verstummt dann aber sofort, als er meine Reaktion sieht. Ich stehe nämlich da, als hätte er mir gerade eine verbale Ohrfeige verpasst.

»Oh, Shit. Verdammt. So habe ich das jetzt nicht gemeint. Ich hoffe, du verstehst, was ich damit eigentlich sagen wollte?«

Nein, verstehe ich nicht. Aber das muss ich ihm jetzt nicht unter die Nase reiben. Müde fahre ich mir über mein Gesicht und zucke lächelnd mit den Schultern. »Schon gut, ich kann das verkraften.«

Kann ich zwar eigentlich nicht, da ich in meiner Vergangenheit schon zu viel miterleben musste, aber darüber möchte ich ihn nicht in Kenntnis setzen. Diese Erlebnisse sitzen außerdem zu tief, um mich jetzt damit auseinanderzusetzen.

Um dieser komischen Situation zu entfliehen, sehe ich auf meine Uhr und bin leicht entsetzt aber auch erleichtert, dass es schon so spät ist.

»Ich habe jetzt gleich Feierabend, wenn du noch was möchtest, kannst du die Bestellung gerne bei meiner Kollegin aufgeben.«

Ich warte seine Antwort gar nicht erst ab, winke ihm zu und mache mich auf den Weg in den Aufenthaltsraum. Leicht frustriert gehe zu meinem Spind, atme erst einmal tief durch und frage mich, ob all das heute wirklich passiert ist.

Ja ist es, Mia. Jedes kleine Fettnäpfchen, in das du getreten bist, ist real!

Um das zu unterstreichen, fasse ich mir an die Stirn und fühle mein Horn, dass sich Gott sei Dank schon etwas zurückgebildet hat.

Nachdem ich meine Sachen gepackt habe, betrete ich etwas befangen den Barbereich. Ich habe mir fest vorgenommen, nicht nach Phil Ausschau zu halten. Jedoch scheitere ich an meinen Vorsätzen wieder einmal kläglich. Mein Blick huscht kurz zur Gruppe hinüber, der sich auch Phil wieder angeschlossen hat. Platinblondinchen sitzt natürlich wieder neben ihm und beansprucht ihn für sich alleine. Glücklich sieht er dabei nicht aus, aber sie würden perfekt zueinander passen. *Nicht so wie ihr,* giftet meine innere Stimme.

Kopfschüttelnd verlasse ich die Bar und mache mich schleunigst auf den Weg nach Hause.

Zuhause angekommen, lasse ich alles stehen und liegen und wähle sofort die Nummer meiner besten Freundin Claire. Da sie nicht ans Telefon geht, nehme ich an, dass sie wieder mit ihrem mysteriösen Lover beschäftigt ist. Sie hat mir noch nicht viel über ihn erzählt. Ich weiß nur, dass es anscheinend verdammt kompliziert zwischen den beiden ist.

Seufzend werfe ich mein Smartphone auf den Couchtisch und widme mich dem Fernsehprogramm. Ich tippe so energisch auf der Fernbedienung herum, dass sie sich bestimmt misshandelt fühlt. Da wirklich nur Mist über den Bildschirm flimmert und das arme, malträtierte Ding in meiner Hand nichts für meine miese Stimmung kann, schalte ich den Fernseher kurzerhand aus.

Dieser Tag hat mich so sehr aufgewühlt, dass ich irgendetwas finden muss, dass mich wieder runter bringt. Suchend sehe ich mich in meinem Wohnzimmer um und stutze kurz, als mein Blick bei den verstaubten Hanteln hängen bleibt, die ich wirklich schon verdammt lange nicht mehr benutzt habe.

So eine kleine Sporteinheit würde bestimmt nicht schaden, oder?

Ich frage mich, ob ich heute wirklich noch so viel Motivation zum Trainieren aufbringen kann oder ob ich mich nicht einfach mit einer Tafel Schokolade ins Bett legen sollte. Die Entscheidung fällt auf Letzteres. Für eine Sporteinheit bin ich definitiv zu müde und die Schokolade wird diesen doch sehr eigenartigen Tag ein bisschen besser – oder zumindest schmackhafter machen.

Als ich dann kurze Zeit später mit befriedigter Schokoladensucht im Bett liege, lasse ich den heutigen Tag noch einmal Revue passieren. Eigentlich möchte ich gar nicht an Phil denken, aber meine Gedanken schweifen immer wieder zu ihm und ich würde mich gerne selbst dafür ohrfeigen. Wahrscheinlich vergnügt er sich sogar gerade mit diesem Püppchen, während ich hier alleine liege und mir Gedanken über ihn mache. Das ist natürlich wirklich großartig!

Ich werde mich in den nächsten Tagen so mit Arbeit eindecken, dass mir gar keine Zeit bleiben wird, um einen Gedanken an diesen Typen zu verschwenden. Vielleicht werde ich auch das ein oder andere Mal ins Fitnesscenter gehen, um meinen Kopf frei zu bekommen.

Schaden würde es mir auf alle Fälle nicht!

STALKER ALARM?

Die Tage vergehen und ich laufe Phil nicht mehr über den Weg. Ich weiß nicht, ob ich mich darüber freuen soll oder ob es meinem verräterischen Herz gut tun würde, wenn ich einen kurzen Blick auf ihn werfen könnte. *Klar würdest du dich freuen und es würden wahrscheinlich Millionen von Schmetterlinge Samba in deinem Bauch tanzen.*

Offen zugeben würde ich das aber niemals. Was soll er auch von mir wollen? Ich bin klein, hab zu viele Kurven und auf meinem Kopf herrscht 24/7 ein heilloses Chaos. Außerdem ich bin leicht zu reizen und sehr impulsiv. Ob das alles so eine gute Kombination ist, bezweifle ich stark.

So richtig wird mir das auch erst bewusst, als ich mich im riesengroßen Spiegel des Fitnesscenters betrachte. Ja, ich habe es wirklich getan! Ich habe nach gefühlten hundert Jahren wieder einmal meine Mitgliedskarte ausgegraben und stehe hier nun in fertiger Trainingsmontur, um meinen Speckröllchen den Kampf anzusagen. Wenn ich mir hier die anderen

Mädels im Fitnesscenter ansehe, die alle kein Gramm zu viel am Körper besitzen, dann fühle ich mich erst recht in meinem Entschluss, mich aufgerafft zu haben, bestärkt.

Motiviert schnappe ich mir mein Handtuch und begebe mich zu den Trainingsgeräten. Für das erste Mal werde ich es langsam angehen und mir etwas aussuchen, bei dem ich mir keine Sorgen machen muss, dass ich mir meine Hände oder Füße brechen könnte. Seit ich das letzte Mal hier war, hat sich einiges verändert und es wäre wahrscheinlich ratsam, wenn ich mich an einen Trainer wenden würde. Da ich mit mir und meinem Sturkopf aber alleine sein möchte, gehe ich zu den mir bekannten Steppern, suche mir einen davon aus und steige darauf.

Ganze zwanzig Minuten halte ich es auf dieser Foltermaschine aus, bis mir die Puste ausgeht. Rot wie eine Tomate und vor mich hin hechelnd, beschließe ich eine Pause einzulegen. Vielleicht habe ich es ein bisschen übertrieben, denn ich habe mich so ins Zeug gelegt, dass mir richtig schwindelig ist und ich kurz davor bin, zu hyperventilieren.

Weil ich meine Wasserflasche zuhause vergessen habe, mache ich mich auf die Suche nach einem Wasserspender. Geschlagene fünf Minuten benötige ich, um das überdimensionale Teil im letzten Winkel des Studios ausfindig zu machen. Da ich mich so fühle, als ob ich einen Kurzurlaub in der Sahara hingelegt hätte, gönne ich mir gleich drei volle Becher des durchsichtigen Goldes.

Als mein Durst gestillt ist und ich wieder normal atmen kann, lasse ich meinen Blick im Studio umherschweifen. Feststeht, dass sich hier zu viele schöne Menschen auf engem Raum befinden, die sich und ihren Körper zur Schau stellen möchten. Und mitten drin befinde ich mich. Zu unsportlich und unscheinbar. Wie ist das noch einmal mit dem Sport und den Endorphinen? Sollte man sich danach nicht eigentlich besser fühlen? Wahrscheinlich bin ich wiedermal ein Paradebeispiel dafür, dass es für alles Ausnahmen gibt.

Ich beschließe, dass ich für heute genug geschwitzt habe und begebe mich zu den Umkleiden. Ich hole meine Sachen, unter anderem mein Duschgel und Shampoo und schiele zur offenen Duschanlage. Unschlüssig stehe ich da und überlege wirklich lange, ob ich mich hier duschen sollte, denn für alle anderen scheint es ja auch völlig normal zu sein. So viele nackte Frauen habe ich nämlich schon lange nicht mehr auf einem Haufen gesehen. Leider kann ich mich aber nicht dazu überwinden. Zu groß ist das Schamgefühl und ich möchte mich auch nicht mit den anderen vergleichen müssen.

Deshalb schnappe ich mir meine Sachen und trete den Rückzug an. Zwar leicht gefrustet, aber auch ein bisschen stolz. Immerhin habe ich mir jetzt eine kleine Schokoration hart erarbeitet.

Am Mittwochabend trete ich die nächste Schicht in der Bar an und bin froh, dass heute nicht so viel los ist. Der Lernstress der letzten Tage hatte es echt in sich und mein malträtiertes Hirn ist sehr dankbar, dass es in der nächsten Zeit etwas zur Ruhe kommen kann. Während ich mich um die Gäste kümmere, wandert mein Blick immer wieder zur Tür und natürlich hoffe ich insgeheim, dass Phil heute wiederkommen wird. Ich habe unser letztes Aufeinandertreffen trotz allem genossen und insgeheim würde ich mich über eine Wiederholung freuen. Sehr sogar.

Die Stunden vergehen, aber von Phil ist weit und breit nichts zu sehen. Als sich die letzten Gäste verabschieden und ich gerade dabei bin, die Tische abzuräumen, wird die schwere Eingangstür geöffnet und ich höre eine mir vertraute Stimme, die mich zusammenzucken lässt.

»Hey Mia …«, begrüßt mich Phil mit einem Schmunzeln auf den Lippen und ich verfluche mein verräterisches Herz, das natürlich sofort schneller zu pochen beginnt.

»Oh, hey … also wir …« Ich versuche cool zu bleiben, schiele zur Uhr und sehe ihn daraufhin entschuldigend an. »...wir schließen gleich, ich kann dir also leider nichts mehr anbieten.« Überrascht von dem, was er als Nächstes macht, kann ich ihn nur sprachlos ansehen. Als wäre es das Selbstverständlichste der Welt, fängt er an, die Stühle auf die Tische zu stellen.

»Das ist kein Problem, ich helfe dir einfach.«

Okay? Bin ich hier im falschen Film?

Phil bemerkt meine Verwunderung und schenkt mir ein atemberaubendes Lächeln, welches mir wirklich zusetzt.

»Erde an Mia. Alles okay?«

Bei seiner Frage muss ich schlucken. Ich reagiere definitiv zu intensiv auf ihn und das ist nicht gut. Herzschmerz und all der Mist, auf den ich gerne verzichten kann, ist vorprogrammiert.

Deshalb straffe ich meine Schultern und verdränge das Kopfkino, das seine verdammt heiße Stimme in mir auslöst.

»Natürlich. Danke, dass du mir hilfst. Das wäre aber wirklich nicht nötig gewesen«, antworte ich. Meine Stimme ist einen Tick zu atemlos und das bemerkt auch Phil, da er mich wieder mit diesem undefinierbaren Blick betrachtet.

In einvernehmlicher Stille, die absolut nicht unangenehm ist, räumen wir die letzten leeren Gläser ab und heben die Stühle auf die Tische. Als wir die Bar verlassen, wird das Schweigen dann doch etwas unangenehm, deshalb räuspere ich mich und sehe ihn seufzend an.

»Okay Phil, ich weiß wirklich nicht, was das hier soll. Ich danke dir für deine Hilfe, aber wartet nicht Platinblondinchen ... nein, verdammt ich meine natürlich deine Freundin auf dich?«

Leicht verständnislos sieht er mich an, bis es wohl Klick bei ihm macht. Ah, er hat sie anscheinend doch nicht vergessen. *Schade eigentlich ...*

»Wenn du Sarah meinst, dann muss ich dich enttäuschen. Sie ist weder meine Freundin noch mein Typ.«

Ich weiß nicht, ob ich mich über seine Antwort freuen soll oder nicht. Vielleicht nimmt er mich auch nur wieder auf den Arm? Am liebsten würde ich ihn fragen, wie denn *sein Typ* aussieht. Vielleicht steht er ja auf kleine, starrköpfige Lockenköpfe? *Eher unwahrscheinlich, Mia ...*

Natürlich bleibe ich stumm und frage nicht nach. Dazu fehlt mir einfach der nötige Mumm. Als die Stille um uns doch wieder etwas unangenehm wird, spreche ich weiter. »Geht mich ja im Grunde auch gar nichts an. Also ich muss dann auch los.« Ich deute auf den Gehweg, der schwach beleuchtet ist und setze mich in Bewegung. Weit komme ich allerdings nicht, denn Phil hält mich am Oberarm zurück. Die Stelle, an der er mich berührt, fängt sofort zu kribbeln an und ich weiß nicht ob ich es mir nur einbilde, aber seinem Gesichtsausdruck zufolge, fühlt er diese Berührung mit derselben Intensität.

»Gibst du mir noch deine Telefonnummer?«, kommt es fragend von ihm. Als ich ihn nur verständnislos ansehe, folgt noch ein grinsendes »Bitte«, das mich dann doch aus meiner kleinen Schockstarre erwachen lässt.

»Warum?« Ist das Erste, das mir einfällt und ich würde mir am liebsten für diese dümmliche Frage an die Stirn klatschen. Seinem entgeisterten Blick nach zu urteilen, sieht er es ähnlich.

»Natürlich um dich Tag und Nacht zu stalken, dich durchgehend mit Nachrichten zu bombardieren und dir keine freie Minute mehr zu lassen.«

Bin ich masochistisch veranlagt, wenn ich zugeben würde, dass mir dieser Gedanke gefällt? *Definitiv, ja.*

Da er mir anscheinend abkauft, dass ich seine Worte ernst nehmen könnte, setzt er seufzend nach. »Ich möchte einfach sicher gehen, dass dir auf dem Weg nach Hause nichts passiert und mich dann bei dir melden. Zufrieden?«

Ja, damit kann ich gut leben. Zufrieden nickend hole ich mein Handy aus meiner Tasche und wähle die Nummer, die er mir ansagt. Kurz darauf beginnt sein Handy zu vibrieren und Phil lächelt mich entwaffnend an. »War doch nicht so schwer, oder? Und bevor du hier noch umkippst, weil es definitiv nicht gesund sein kann, wenn man so lange die Luft anhält, verabschiede ich mich jetzt. Wir sehen uns«, sagt er abschließend, ehe er mir noch kurz zuwinkt und davon geht.

Sekunden später realisiere ich erst, dass ich wirklich die Luft angehalten habe. Frustriert stampfe ich mit dem Fuß auf dem Boden auf. Ich weiß nicht wie oft ich mich noch blamieren werde, aber ich muss diesen peinlichen Situationen ein Ende setzen.

Auf dem Nachhauseweg frage ich mich die ganze Zeit, was Phil ausgerechnet von MIR möchte. Ich bin doch nur Durchschnitt. Zu verpeilt und tollpatschig. Aber hey, mit mir wird einem anscheinend nicht langweilig. Denn jedes noch so kleine Fettnäpfchen ist für mich reserviert. Ärger überkommt mich, weil ich mich ihm gegenüber nicht selbstbewusster geben kann. Aber wieso sollte ich mich auch verstellen? Anscheinend gefalle ich ihm ja, so wie ich bin. Oder heckt er doch irgendeinen Plan aus? Vielleicht war es ein Fehler und ich hätte ihm meine Nummer nicht geben sollen.

Ich merke, wie mir all diese Gedanken fürchterliche Kopfschmerzen bereiten und bin froh, als ich zuhause ankomme. Mein erster Weg führt mich ins Badezimmer. Ich drehe den Wasserhahn der Badewanne auf, ziehe mich aus und gönne mir ein extra heißes Schaumbad. Danach ziehe ich mir meinen nicht gerade ansehnlichen, dafür aber sehr bequemen Pyjama an und kuschele mich ins Bett. Wahrscheinlich werde ich wieder nicht allzu viel Schlaf abbekommen, weil mir Phil nicht aus dem Kopf geht.

Lange lieg ich regungslos da und überlege fieberhaft, wie ich zur Ruhe kommen kann. Als mein Handy zu vibrieren beginnt, setzte ich mich nervös auf und weiß sofort, von wem die Nachricht ist.

Phil
Hey. Ich hoffe, du bist sicher zuhause angekommen? Kein gebrochener Fuß oder dergleichen? ;) Schlaf gut, Phil

Grinsend vergrabe ich meinen Kopf im Kissen und atme tief durch. Gut, er findet mich tollpatschig. Das ist ja nichts Neues, damit muss er sich auch abfinden, wenn er mich weiterhin sehen möchte. Die leicht besorgte Note, die er wahrscheinlich mit seinen coolen Sprüchen überspielen möchte, kommt trotzdem bei mir an und macht mir weiche Knie. Er könnte mir wirklich verdammt gefährlich werden und ich weiß nicht, ob ich dazu bereit bin.

Mia
Nein, ich sitze gerade in der Notaufnahme. Sorry. xx Mia

Leise lache ich vor mich hin, als ich auf Senden drücke. Er hat es einfach verdient, am eigenen Leib zu erfahren, wie uncool es sich anfühlt, andauernd auf die Schippe genommen zu werden. Seine Antwort folgt natürlich prompt.

Phil
Ernsthaft? Sag mir bitte, dass das nicht wahr ist?

Soll ich ihn weiter schmoren lassen? Da ich ein netter Mensch bin, meistens zumindest, bleibe ich bei der Wahrheit.

Mia
Kleiner Scherz. Ich liege schon im Bett. Danke für deine Hilfe, du hast was gut bei mir. Schlaf schön.

Da er sich mit seiner nächsten Antwort Zeit lässt, werde ich langsam unruhig. Er wird doch nicht in die Notaufnahme gefahren sein? Als mein Handy zu piepsen beginnt, atme ich erleichtert aus.

Phil
Puh, ich hätte es dir fast abgekauft. Gut zu wissen, ich komm darauf zurück, Eichhörnchen ;) Schlaf gut.

Eichhörnchen. Werde ich jemals erfahren, was es mit meinem neuen Spitznamen auf sich hat? Ich geh mal schwer davon aus. Denn wenn ich etwas haben oder wissen möchte, dann kann ich auch wirklich sehr hartnäckig sein.

Die nächsten Tage verlaufen ziemlich ruhig ab und da keine Vorlesungen oder Prüfungen anstehen, entschließe ich mich, endlich mal wieder shoppen zu gehen. Mein Kleiderschrank wird es mir danken. Mein Geldbeutel dafür eher weniger. Da man sich aber ab und zu etwas gönnen sollte, scheuche ich mein schlechtes Gewissen in den Keller.

In luftigen Klamotten und Sonnenbrille auf der Nase, bummele ich durch die Straßen und bleibe an einer netten Boutique, die wirklich tolle Kleidungsstücke im Schaufenster hat, stehen. Die Preise sprengen mein Budget zwar bei Weitem, aber man darf doch wohl noch träumen dürfen. Seufzend starre ich deshalb mein Spiegelbild im Schaufenster an und dabei kommt mir ein super Gedanke, der mich sofort euphorisch werden lässt.

Wie wäre es mal wieder mit einem Friseurbesuch?

Ich entschließe mich, spontan zu meinem Lieblingsfriseur zu gehen. Als ich dort ankomme, muss ich meine größten Überzeugungskünste anwenden, um Monique von meiner Misere zu überzeugen. Denn heute hat sie eigentlich keinen Termin mehr frei.

»Mon Amour, du hast Glück, dass ich so ein großes Herz habe, denn mit dieser Frisur kann ich dich wirklich nicht mehr nach Hause schicken!«, säuselt sie mit französischem Akzent vor sich hin und ich weiß nicht, ob ich beleidigt sein soll oder quietschend um den Hals fallen. Ich entscheide mich für Letzteres, umarme sie stürmisch und setze mich auf einen der freien Stühle.

Drei Stunden später bereue ich mein Vorhaben schon wieder. Monique ist noch immer mit meinen Haaren beschäftigt und flucht die ganze Zeit irgendetwas auf Französisch vor sich hin. Ich bleibe dabei lieber still, da Monique sehr temperamentvoll ist und sowieso schon genug Arbeit mit meinen Haaren hat.

Eine weitere Stunde später bin ich endlich fertig und erkenne mein eigenes Spiegelbild kaum wieder. Meine störrischen Locken stehen nicht wie sonst in alle Richtungen ab, sondern fallen in sanften Wellen über meinen Rücken. Zudem hat mir Monique noch einzelne Highlights in die Haare gefärbt, die mein Blond so richtig gut zur Geltung bringt. *Wow, also so kann ich mich definitiv auf die Straße wagen …*

Wie erwartet, ist der ganze Spaß nicht gerade billig und sprengt mein Budget bei weitem, aber das war es mir definitiv wert.

Da mir jetzt das nötige Kleingeld für einen ausgiebige Shoppingtour jedoch fehlt, beschließe ich nur noch kurz eine Kleinigkeit zu essen zu besorgen.

Ich steuere den Imbiss um die Ecke an, bleibe aber abrupt stehen, als ich Phil und diese Sarah am Imbissstand entdecke. In alter Bond-Manier verstecke ich mich hinter einer Reklametafel und hoffe, dass mich die beiden nicht entdecken werden. *Sehr erwachsen, Mia!*

Da meine voyeuristische Ader doch sehr ausgeprägt ist, spähe ich seitlich an der Reklametafel vorbei und beobachte sie. Nach einer angenehmen Konversation sieht das Ganze für mich schon mal nicht aus. Diese Sarah redet mit vollem Körpereinsatz auf ihn ein, wobei Phil ausdruckslos neben ihr sitzt und ziemlich oft seinen Kopf schüttelt.

Wieso trifft er sich eigentlich immer mit dieser *Trulla*? Dem komischen Gefühl in meiner Brust versuche ich keinen Raum zu geben. Aber verdammt, es stört mich definitiv, sie zusammen zu sehen.

Ich weiß nicht, wie lange ich die beiden beobachte, meinem Rücken zufolge schon viel zu lange, denn diese unbequeme

Position killt mich. Also richte ich mich wieder ganz langsam auf, drehe mich um und trete den Rückzug an. Ich hoffe, die beiden haben mich nicht entdeckt. Aber so schnell wie ich weggelaufen bin, wäre das eher unwahrscheinlich.

Nach meinem kleinen Marathon komme ich außer Atem in meiner Wohnung an und lasse mich hundemüde auf die Couch fallen. Für manch einen möge so ein Friseurbesuch einem Wellnesstag gleichen. Für mich jedoch bedeutet so ein Verschönerungsprogramm immer puren Stress. Mit meinem Handy mache ich ein Selfie. Morgen wird von diesem außergewöhnlich ordentlichen Look nicht mehr viel übrig sein, deshalb muss ich es einfach festhalten. Gerade als ich mein Handy weglegen will, vibriert es in meiner Hand. Als ich den Absender der Nachricht lese, bekomme ich Herzrasen und ahne Böses.

Phil
Hey! Kann es sein, dass ich dich heute in der Stadt gesehen habe?

Oh, mein Gott. Ernsthaft? Das darf doch nicht wahr sein! Fieberhaft suche ich nach einer Antwort, aber mir fällt einfach keine ein. Soll ich zugeben, dass ich die beiden gesehen habe? Das kann ich nicht machen, denn dann müsste ich meine sehr erwachsene Versteckaktion erklären. Nervös beiße ich auf meiner Unterlippe herum und beginne zu schreiben.

Mia
Ich glaube nicht. Ich war heute nur beim Friseur! Alles gut bei dir?

Was ja auch im Grunde nicht gelogen ist. Ich hoffe, meine Frage nach seinem Wohlbefinden lenkt ihn von seiner eigentlichen Frage ab. Als ich seine nächste Nachricht lese, muss ich grinsen. Auch der verdammte Knoten, der sich seit heute Nachmittag vehement in meiner Brust festgekrallt hat, löst sich augenblicklich.

Phil
Ach, frag lieber nicht nach. Mein Tag war ziemlich bescheiden. Zu viele primitive Menschen sind mir heute über den Weg gelaufen. Wie war dein Tag?

Ich beschließe, dass er mit „primitiv" bestimmt nur diese Sarah meint und schreibe lächelnd zurück.

Mia
Oje, dass tut mir leid. Ich wurde heute auch ziemlich zugerichtet. Richtige Folter – sag ich nur!!

Dass es sich hierbei um einen geglückten Friseurbesuch handelt, muss ich ihm doch nicht gleich auf die Nase binden. Seine Antwort folgt prompt.

Phil
Inwiefern? Du machst mich fertig, Mia. Ist dir etwas Schlimmes passiert?

Sein Mitgefühl rührt mich wirklich. So ganz nachvollziehen kann ich sein Interesse an mir zwar immer noch nicht, aber es gefällt mir. Um die Spannung nicht ins Unermessliche zu steigern, schicke ich ihm das Selfie von vorhin und bin auf seine Antwort gespannt. Okay, gespannt ist wahrscheinlich die Untertreibung des Jahrhunderts. Ich bin verdammt nervös und hoffe natürlich, dass ihm das Bild gefällt. Keine zehn Sekunden später schreibt er zurück.

Phil
Wow, ist das deine heiße Zwillingsschwester, die du mir unbedingt vorstellen möchtest? ;)

Idiot. Ich grinse über beide Ohren und fühle mich so beflügelt, als hätte ich als Erste die Ziellinie bei einem Marathon durchlaufen. Was aber natürlich niemals passieren wird …

Mia
Leider ist sie vergeben. Du musst also wohl oder übel mit mir vorliebnehmen.

Ich drücke auf Senden und halte die Luft an. Am liebsten würde ich die Nachricht sofort wieder zurückrufen. Verdammt, flirten wir hier gerade? Und wieso wird mir plötzlich so heiß?

Phil
Solange du neben mir nicht aufs Atmen vergisst, kann ich sehr gut damit leben. Hast du Lust, morgen etwas zu unternehmen?

Wow, bittet er mich gerade ernsthaft um ein DATE? *Okay Mia, ruhig bleiben!*

Mia
Soll das ein Date werden?

Ich kann nicht anders und muss einfach nachfragen. Nervös stehe ich auf und wandere in meinem Wohnzimmer umher. Wann hatte ich das letzte Mal ein Date? So genau weiß ich das gar nicht mehr. Auf alle Fälle ist das schon verdammt lange her und ich weiß nicht, ob ich mich dazu bereit fühle.

Phil
Wenn du es als Date bezeichnen möchtest, dann kannst du das gerne machen.

Nervös kaue ich auf meinen Fingernägeln herum und weiß nicht was ich antworten soll. JA? NEIN? Ich mag Toastbrot? Ich bin gerade wirklich nicht in der Lage, einen klaren Gedanken zu fassen. Also antworte ich erst einmal nicht. Als er mir jedoch als Nächstes nur ein »?« schickt, beginne ich eilig zu tippen.

Mia
Morgen um 15 Uhr vor der Uni?

Etwas Besseres fällt mir gerade nicht ein. Verdammt, ich habe morgen ein Date mit dem wohl heißesten Typen des Universums! Kann mich mal bitte jemand wach rütteln oder die versteckte Kamera rausholen. Dass ich nicht träume, bestätigt mir seine Antwort die kurz darauf folgt.

Phil
Perfekt, ich werde da sein. Verletz dich bis dahin nicht ;)

Theatralisch drücke ich mir das Handy an mein Herz, merke aber im selben Moment wie absurd ich mich hier gerade benehme und lege mein Telefon auf den Couchtisch.

Wow, ein Date mit Phil. Unglaublich. Ob ich heute wohl ein Auge zubekommen werde? Wohl kaum.

DINNER IN THE DARK

»Verfluchte Kopfschmerzen …«, murre ich gähnend vor mich hin, als ich am nächsten Morgen erwache. Wie gerädert fühle ich mich und natürlich konnte ich gestern ewig nicht einschlafen. Meine Gedanken haben sich nur um Phil und dieses doch sehr kuriose Date gedreht.

Naja, eigentlich hoffe ich, dass es gar nicht so schlimm werden wird und ich sollte aufhören, mir im Vorfeld so viele Gedanken darüber zu machen.

Am Ende wird es vielleicht auch total atemberaubend werden?

Ich muss nur aufpassen, dass ich mich nicht auf die Nase lege oder vergesse, regelmäßig Luft zu holen. Und an meinem Selbstbewusstsein sollte ich arbeiten und akzeptieren, dass er an mir interessiert ist. Phil könnte dank seines guten Aussehens zwar jedes der beliebten und hübschen Mädels abbekommen, jedoch möchte er sich mit mir treffen. Also werde ich mich auch bemühen und mich nicht zum Affen machen!

Natürlich zieht sich der Vormittag in die Länge und ich werde von Stunde zu Stunde unruhiger. Nach einer ausgiebigen Dusche und Ganzkörperrasur – *sicher ist sicher* –, stehe ich vor meinem Kleiderschrank und bin überfordert.

In der einen Hand halte ich ein doch etwas freizügigeres schwarzes Shirt, das meine Brüste wirklich gut zur Geltung bringt und in der anderen Hand halte ich ein weißes figurumschmeichelndes Shirt, welches zu mir und meinem Standardoutfit passt. Ich weiß nicht, wie lange ich beide Shirts anstarre, aber letztendlich entscheide ich mich nach einer gefühlten Ewigkeit, für das weiße Oberteil. Darin fühle ich mich einfach wohler. Da ich in Phils Nähe sowieso manchmal zu Atmen vergesse, möchte ich mir nicht auch noch Gedanken um ein verrutschtes Oberteil machen müssen. Zu dem weißen Shirt hole ich mir auch noch eine schwarze Jeans aus dem Kleiderschrank, ziehe sie an und gehe ins Badezimmer.

Für mein Make-up und meine Haare nehme ich mir heute besonders viel Zeit. Da sich die tollen Wellen von gestern Gott sei Dank noch nicht vollständig verabschiedet haben, muss ich nur ein bisschen mit dem Glätteisen nachhelfen. Monique hat wirklich hervorragende Arbeit geleistet. Mit meinen Fingern trage ich eine dünne Schicht Make-up auf und konturiere im Anschluss mein Gesicht mit Bronzer und Rouge. Ein Hoch auf YouTube-Schminkvideos, denn sonst wäre ich ziemlich aufgeschmissen. Zum „*Setten*“ nehme ich ein farbloses Puder, das mein ganzes Badezimmer in eine undurchdringbare Staubwolke hüllt und mir einen ordentlichen Hustenanfall beschert. *Okay, das muss ich definitiv noch üben!*

Da ich meine Make-up-Künste nicht überstrapazieren möchte, lege ich nur mehr ein bisschen Mascara und Lipgloss auf und bin mit dem Ergebnis wirklich begeistert. Imaginär klopfe ich mir auf die Schulter und verlasse das Badezimmer. Im Gehen schnappe ich mir meine Tasche, ziehe mir meine Sneakers an und fahre mit der Straßenbahn zur Uni.

Geschlagene zehn Minuten, komme ich zu früh am Treffpunkt an. Nicht einmal zu meiner Abi-Prüfung habe ich es pünktlich geschafft und das soll schon was heißen!

Da von Phil aber noch nichts zu sehen ist, setze ich mich auf eine Bank und beobachte die vorbeigehenden Menschen. Irgendwie muss ich mir Ablenkung suchen, denn ich bin so verdammt nervös. Ich krame in meiner Tasche herum, stopfe mir ein paar Ticktacks in den Mund und hoffe, dass er mich gleich von dieser Warterei erlösen wird. Zuspätkommen hat wohl doch nicht nur negative Seiten …

Plötzlich legen sich zwei warme Hände um meine Augen. Erschrocken zucke ich zusammen, atme aber erleichtert aus, als ich Phils außergewöhnlichen Duft wahrnehme – herb und sexy, vermischt mit seinem eigenen Geruch. *Einfach herrlich!*

»Wer bin ich?«, fragt er mit leicht verstellter Stimme.

Ich muss grinsen. »Herr Maier, sind Sie es?«

Schockiert ausatmend lässt er von mir ab, umrundet die Bank und sieht mich mit hochgezogener Augenbraue an. »Höre ich mich etwa wie dieser alte Sack an, der jeden durchfallen lässt? Ich bitte dich!«

Arnold Maier ist der wohl meist gehasste Professor an der Uni und lässt seine Launen gerne an den Studenten aus. Ich durfte es ja schon am eigenen Leib erfahren und nein, Phil hört sieht definitiv nicht wie Prof. Maier an.

»Naja, wer weiß schon was in ein paar Jahren sein wird. Eine gewisse Ähnlichkeit ist da schon vorhanden«, versuche ich es mit ernster Stimme, kann aber das Lachen nicht zurückhalten.

»Na warte, das wirst du definitiv zurückbekommen. Aber jetzt komm, wir müssen los.«

Phil schnappt sich wie selbstverständlich meine Hand und wir machen uns im schnellen Schritt auf den Weg.

»Verrätst du mir, wohin wir gehen oder ist das wieder topsecret?«, frage ich ihn und versuche seinem schnellen Tempo Stand zu halten.

Phil nickt. »Na klar, aber erst später … jetzt müssen wir uns beeilen.«

Eigentlich will ich ihn noch mit weiteren Fragen löchern, da ich aber so konzentriert darauf bin, nicht über meine eigenen Füße zu stolpern, lasse ich es lieber.

Eine halbe Stunde später halten wir vor einem unscheinbaren Gebäude im Stadtzentrum. Völlig außer Atem sehe ich mich um und frage mich, ob wir hier nur eine kurze Pause machen oder ob wir uns schon am Ziel befinden. Um ehrlich zu sein, hoffe ich einfach nur, dass wir am Ziel angekommen sind. Denn ich kann nicht mehr! Meine müden Füße tragen mich keine weiteren Meter mehr. Phil klopft an die Tür des backsteinfarbenen Gebäudes und Sekunden später wird diese von einer freundlich aussehenden Dame geöffnet.

»Willkommen im Black Paradise. Sie dürfen gerne eintreten!«

Lächelnd macht sie einen Schritt zur Seite und wartet, bis

wir uns in Bewegung setzen. Da Phil meinen zögernden Blick bemerkt, nimmt er meine Hand und beugt sich zu mir.

»Du musst keine Angst haben, wir werden viel Spaß haben. Ich verspreche es dir …«

Will er mir mit diesen Worten Mut machen? Wahrscheinlich aber hofft er darauf, mit seinem himmlischen Duft meine Sinne zu vernebeln. Er ist mir einfach schon wieder viel zu nahe. Seufzend, aber lächelnd ergebe ich mich und wir folgen der Frau ins Innere.

Von außen wirkt das Gebäude zwar unscheinbar, aber im Inneren ist es überwältigend. Die Wände sind dunkel gehalten und mit eindrucksvollen Bildern vieler Berühmtheiten dekoriert. Viele davon sind schon lange nicht mehr am Leben und leider bleibt mir auch keine Zeit, um die Fotografien länger zu betrachten, da wir durch einen langen Flur geführt werden, der mit einem rotem Samtteppich ausgelegt ist.

»Werden hier gleich die Oscars verliehen?«, scherze ich, werde aber leicht nervös, weil ich immer noch keine Ahnung habe, was wir hier eigentlich machen. Phil grinst mich nur verschwörerisch an, bleibt aber stumm. Trotzdem erwachen in mir wieder diese kleinen verräterischen Schmetterlinge und ich schlucke. Vor einer großen, massiven Holztür bleiben wir stehen. Die nette Dame gibt uns einige Anleitungen, die wir gleich umsetzen sollen und ich verstehe nur Bahnhof.

Hä? Alles dunkel? Auf die eigenen Sinne verlassen? Verdammt, was wird hier gespielt?!

Als sie die Tür öffnet, versuche ich einen Blick über ihre Schulter zu erhaschen, erkenne dabei aber rein gar nichts. Sie lässt uns den Vortritt und ich bewege mich langsam vorwärts. Wieder muss ich schlucken, als mir bewusst wird, was wir hier gleich machen sollen.

Oh oh, gar nicht gut…

Um auf mich aufmerksam zu machen, ziehe ich an Phils Shirt und spreche so leise, dass nur er mich verstehen kann. »Bist du dir sicher, dass das eine gute Idee ist? Du weißt doch wie tollpatschig ich bin.« Ich kann Phil zwar nicht sehen, spüre aber trotzdem seinen intensiven Blick auf mir.

»Ich habe dir doch gesagt, dass du dir keine Sorgen machen musst. Also entspann dich. Alles wird gut.«

Hm. Der hat leicht reden. Ich bin das personifizierte Chaos auf zwei Beinen. Ich kann mich schon bei helllichtem Tag nicht vor mir selbst retten. Wie soll ich das nur im Dunkeln schaffen?

Langsam taste ich mich vorwärts und atme erleichtert aus, als ich die Lehne eines Stuhls zu fassen bekomme. Etwas umständlich setze ich mich und muss jetzt doch grinsen.

»Wow, geschafft! Und ich habe mich dabei nicht einmal verletzt. Ich hoffe, du bist stolz auf mich.«

Da ich Phil nicht sehen kann, nehme ich einfach mal an, dass er mir gegenüber Platz genommen hat. Als ich seine Hand auf meiner spüre und mir bewusst wird, dass er eigentlich neben mir sitzt, wird mir verdammt warm.

»Ich bin sehr stolz auf dich, aber lass uns jetzt erst einmal essen. Ich habe verdammt großen Hunger.«

Wie auf Kommando beginnt mein Magen zu knurren, weil mir plötzlich ein köstlicher Duft in die Nase steigt. Vorsichtig taste ich nach dem Besteck und bin froh, dass ich es auf Anhieb finde.

Meine Sinne sind so geschärft, dass ich Phils Nähe überdimensional stark wahrnehme. Ich höre seine regelmäßige Atmung, fühle, wie sich unsere Schultern immer wieder leicht berühren und ich finde Gefallen daran, ihm so nahe zu sein. Seine Nähe beflügelt mich auf eine komische Art und Weise und sie erweckt auch einen gewissen Nervenkitzel in mir.

Wir essen ziemlich schweigsam vor uns hin, weil dieses Gericht verdammt gut schmeckt und ich die Befürchtung habe, dass eine Konversation sich negativ auf mein Essverhalten ausüben könnte. Ich glaube jetzt auch schon zu wissen, um welches Gericht es sich handelt, das uns vorgesetzt wurde. Ich tippe auf Risotto mit Hähnchen, denn das Fleisch zergeht förmlich auf meiner Zunge und der Reis ist sehr cremig und schmeckt absolut göttlich.

Als wir mit dem Hauptgang fertig sind, atme ich erleichtert aus. »Das war verdammt lecker. Dankeschön.«

Ich weiß nicht so recht wie ich mich verhalten soll, deshalb stupse ich Phil leicht mit der Schulter an. Neben mir klirrt ein Glas. *Upps, lieber doch nicht mehr anstupsen …*

»Warte erst einmal ab, bis du den Nachtisch probiert hast. Ich glaube der wird ganz deinem Geschmack entsprechen.«

Phil tastet sich gezielt am Tisch entlang und greift nach einem kleinen Gegenstand. Als er diesen betätigt, ertönt ein Klingellaut und kurze Zeit später öffnet sich die Tür. Ein mir unbekannter Mann kommt mit einer kleinen Kerze, die gerade mal so viel Licht spendet, dass er den Raum zielsicher durchqueren kann, herein, und räumt unseren Hauptgang ab.

Als er gleich darauf wieder kommt, stellt er eine Schale in die Mitte des Tisches und verabschiedet sich wieder. Da es nun wieder richtig dunkel ist und ich nichts erkennen kann, taste ich mich langsam mit meiner rechten Hand vorwärts. Anscheinend hat Phil dieselbe Idee. Unsere Finger berühren sich und ich zucke leicht erschrocken zurück. *Habe ich mich gerade verbrannt oder was war das?*

Phils schwerem Schlucken zufolge, hat ihn diese Berührung auch nicht ganz kalt gelassen.

Okay, das könnte interessant werden…

Langsam wagen sich meine Finger wieder nach vorne, suchen den Tisch nach brauchbarem Besteck ab und entdecken dabei aber nur einen Löffel.

»Houston, wir haben ein Problem!«, gebe ich von mir und halte Phil den Löffel vor das Gesicht. Als dieser leicht zurückzuckt, grinse ich schuldbewusst und senke den Löffel wieder.

»Ich weiß zwar nicht, was du mir da gerade vor mein Gesicht gehalten hast, aber ich hoffe doch stark, dass es keine Waffe war!«

Bei seinen Worten muss ich grinsen. »Keine Waffe, versprochen. Aber wir haben nur einen Löffel. Also, Mister Perfekt: wie sollen wir das handhaben?« Als mir bewusst wird, was ich da gerade von mir gegeben habe, laufe ich rot an. Himmel bin ich froh, dass er mich gerade nicht sehen kann! Als ich Phils Finger an meiner Hand spüre, überlasse ich ihm den Löffel. Ich sehe zwar nicht, was er vorhat, erahne aber, dass er gerade versucht, die Nachspeise auf den Löffel zu befördern.

»Kein Problem. Mund aufmachen und schlucken.«

Die Doppeldeutigkeit seiner Worte ist ihm wahrscheinlich bewusst geworden, denn in meinem Mund, geschweige denn in seiner Nähe landet nichts. Als ich in schallendes Gelächter ausbreche, bläst Phil geräuschvoll seinen Atem aus. Ich würde gerne etwas entgegnen, komme aber nicht dazu, da mir Phil eine Ladung einer köstlichen Creme in den Mund schiebt – beziehungsweise es versucht, denn die klebrige Masse landet auch auf meinem Hals und auf meinem Arm.

»Verdammt Phil, du hast mich total eingesaut!«, gebe ich bewusst provozierend von mir und erstarre, als er mir näher kommt.

»Sorry, Mia. Das war keine Absicht«, flüstert er mir mit seiner rauen Sexstimme ins Ohr. Sofort richten sich die feinen Härchen auf meinen Armen auf und ich bekomme eine Gänsehaut. Ich kann mich weder bewegen noch etwas sagen, weil dieser Moment wieder einmal zu intensiv für mich ist. Die Stimmung im Raum hat sich verändert und in der Luft liegt eine gewisse Spannung, die durch die Dunkelheit nur noch verstärkt wird. Als seine Finger langsam meinen Arm hochwandern, halte ich die Luft an.

»Du hast da noch was«, sagt er leise, vor sich hin, während seine Finger weiter auf Wanderschaft gehen. Als er bei meinem Hals ankommt, muss ich schlucken. »Hier auch …«, gibt er von sich und streicht mit seinen Fingerspitzen weiter aufwärts, bis er meinen Mundwinkel erreicht hat. Zu intensiv, aber hör bitte nicht auf …

»Dann mach es doch weg«, hauche ich leise und bin nicht

mehr in der Lage, klar zu denken. Als hätte er nur auf meine Zustimmung gewartet, spüre ich seine Zunge, die langsam über meinen Mundwinkel und meine Unterlippe leckt. Diese kleine, sinnliche Geste fährt mir sofort in meinen Unterleib. Ich presse meine Füße zusammen, um den erregenden Druck, der sich mit wahnsinniger Geschwindigkeit in mir aufbaut, aushalten zu können. Phil entgeht mein Handeln nicht, denn ich spüre sein Grinsen an meinen Lippen.

Ich drehe meinen Kopf in seine Richtung und hoffe, dass er meine unausgesprochene Einladung versteht. Keine Sekunde später krachen seine Lippen auf meine. Ein leises Stöhnen entfährt mir, denn dieses Gefühl ist absolut überwältigend. Er drückt mich an sich, während ich bereitwillig meinen Mund für ihn öffne. Unsere Zungen liefern sich ein heißes Duell, während seine Hände weiter auf Wanderschaft gehen. Langsam schieben sie sich unter mein Shirt und streichen über meinen Bauch. Bei dieser Berührung zucke ich leicht zusammen. Obwohl sich seine Streicheleinheiten gut anfühlen, überkommt mich auch ein gewisses Schamgefühl, weil ich meinen nicht gerade flachen Bauch keineswegs leiden kann. Deshalb löse ich mich langsam von ihm und muss erst einmal wieder zu Atem kommen. Phil spürt mein Unbehagen und streicht mir sanft über meine Wange.

»Verschließ dich bitte nicht vor mir, Mia. Das war doch gerade einmalig, oder?«

Ja, verdammt das war es!!!

Heftig nicke ich, seufze aber auf, weil er mich ja nicht sehen kann. »Ja, das war es … aber ich bin gerade etwas überfordert.

Wäre es in Ordnung, wenn wir jetzt nach Hause gehen würden?«, frage ich unsicher nach und hoffe, dass ich ihn mit dieser Bitte nicht vor den Kopf stoße. Phil antwortet darauf nicht, nimmt nur wortlos meine Hand und führt mich langsam aus dem dunklen Raum. Dass wir das problemlos schaffen, obwohl in mir gerade ein heilloses Chaos herrscht ist mir ein Rätsel.

Draußen angekommen, blinzele ich erst einmal gegen die Sonne. In dieser kurzen Zeit haben sich meine Augen schnell an die Dunkelheit gewöhnt. Phil hat damit anscheinend aber keine Probleme, denn er sieht mich unentwegt an. Ein ernster Zug liegt auf seinen Lippen und ich bekomme sofort ein schlechtes Gewissen. *Na toll Mia, das hast du ja wieder toll hinbekommen …*

»Hör mir bitte zu, Phil. Das eben war wirklich toll; wenn nicht sogar überwältigend. Aber ich bin vollkommen verwirrt gerade. Ich …«, stammele ich vor mich hin und suche nach den richtigen Worten. »…brauche jetzt ein bisschen Zeit für mich. Ich hoffe du kannst das verstehen?« Unsicher kaue ich auf meiner Unterlippe herum, weil ich mich in diesem Moment so verdammt unsicher fühle und Angst habe, dass er meine Reaktion falsch verstehen könnte. Phils Gesichtszüge glätten sich ein wenig und er nickt.

»Verstehe. Ich hatte gerade die Befürchtung, dass du unseren Kuss bereuen würdest. Das wäre nämlich sehr schade gewesen, denn ich mache es auf alle Fälle nicht!«

OH GOTT, hat er das gerade wirklich gesagt?

Mit pochendem Herzen stehe ich vor ihm, nicht in der Lage noch etwas halbwegs Intellektuelles von mir zu geben. Deshalb nicke ich einfach. Weil er meine Sprachlosigkeit scheinbar äußerst unterhaltsam zu finden scheint, grinst er mich mit seinem entwaffnenden Lächeln an. Natürlich bekomme ich schon wieder weiche Knie.

»Dieses Mal werde ich dich aber nach Hause begleiten. Ich bin mir nämlich nicht sicher, ob deine Sauerstoffversorgung einwandfrei funktioniert, Eichhörnchen.«

Ich beginne zu grinsen und bin ihm so verdammt dankbar, dass er uns beide aus dieser doch etwas unangenehmen Situation rettet. »Alles klar, du edler Ritter. Bitte geleite mich nach Hause.«

Wir haben es nicht so eilig und schlendern gemütlich durch die Heidelberger Innenstadt. Phil erzählt mir von den Dingen, die in nächster Zeit bei ihm anstehen und ich könnte mich glatt an das hier gewöhnen. Ist ihm eigentlich bewusst wie umwerfend er ist? Ich glaube nicht. Bei seinen Worten hänge ich ihm durchgehend an den Lippen und genieße seine Erzählungen. Als wir an meiner Wohnung ankommen, werde ich wieder etwas nervöser. Mit zittrigen Fingern, die Phil hoffentlich verborgen bleiben, schließe ich die Türe auf.

»Danke … wirklich. Das war das schönste und unfallfreieste Date, dass ich jemals hatte.« *Wow, Mia. Das hört er bestimmt gerne!*

Phil schmunzelt. »Ich fand es auch sehr speziell und einmalig. Danke auch an dich«, lässt er mich wissen.

Dass mir seine Worte unter die Haut gehen, werde ich definitiv nicht abstreiten. Abwartend, ob er den nächsten Schritt macht, senke ich meine Lider.

Phil kommt näher, streicht mit seiner starken Hand über meine Wange und ich sehe ihn erwartungsvoll an. »Und natürlich hoffe ich, dass wir das irgendwann wiederholen werden. Mach`s gut.«

Ich bekomme einen sanften Abschiedskuss auf die Wange und sehe im perplex nach, als er sich von mir abwendet und geht. Enttäuschung macht sich in mir breit. Lässt er mich jetzt wirklich einfach so stehen? Ohne richtigen Abschiedskuss? Etwas verdattert betrete ich meine Wohnung und gehe einfach mal davon aus, dass es so besser ist. Ich schließe die Tür hinter mir, kicke meine Schuhe von den Füßen und hole eine Wasserflasche aus dem Kühlschrank.

Während ich den Abend noch einmal Revue passieren lasse, kneife ich mich vorsichtshalber selbst, um mich zu vergewissern, dass ich mir dieses Date mit Phil nicht bloß eingebildet habe. Dem kurzen, deutlich spürbaren Schmerzimpuls zufolge, träume ich gerade wirklich nicht.

Da es eigentlich noch gar nicht so spät ist, beschließe ich, dass mir etwas Entspannung bestimmt guttun würde. Ich hole das verstaubte Goodie Bag, dass mir Claire von einem Beauty-Event mitgebracht hat und inspiziere den Inhalt. Verschiedene Cremes, Haarentfernungsmittel und Masken befinden sich darin. Ich nehme mir eine dieser komischen Masken, die mich Dank der Verpackung eher an Kriegsbemalung erinnert und klatsche sie mir ins Gesicht. Da ich nicht gerade Beauty-affine bin, landet das Zeug nicht nur auf meinem Gesicht, sondern auch auf meinem Oberkörper und dem Boden.

Leise fluchend versuche ich das Malheur mit einem Kleenex zu beseitigen und entdecke dabei noch einige Flecken vom Dessert auf meinem Arm. Natürlich muss ich sofort an Phils Finger denken, die mich fast in den Wahnsinn getrieben haben. Ich stelle mir vor, was wohl passiert wäre, wenn ich diesen Kuss nicht abgebrochen hätte. Wären wir im Dunkeln übereinander hergefallen? Eigentlich wäre das gar keine so schlechte Idee gewesen. Immerhin war es ziemlich dunkel und Phil hätte deswegen weder meine Rundungen noch meine Cellulite gesehen. *Mann Mia, du hast echt Probleme!*

Seufzend stehe ich auf und stelle mich vor den großen Spiegel, der im Flur steht. Wieso bin ich eigentlich so selbstkritisch? Lange muss ich darüber natürlich nicht nachdenken, denn mir fallen sofort viele Beispiele ein, die mich zu dieser unsicheren Person gemacht haben.

Zum einen waren da die vielen Beleidigungen und Gemeinheiten, die mich fast die gesamte Schulzeit über begleiten haben. Damals hatte ich noch gute zwanzig Kilo mehr auf den Rippen. Kinder können wirklich verdammt grausam sein. Diese fiesen Worte haben sich einfach in mein Gehirn gebrannt und ich werde sie auch nicht mehr vergessen können, obwohl ich mich äußerlich doch sehr verändert habe. Zum anderen war da auch noch mein Exfreund Sven. Wie oft konnte ich mir anhören, dass ich mich doch gesünder ernähren sollte, mehr Sport treiben und höheren Wert auf mein Erscheinungsbild legen sollte, um wirklich *vorzeigbar* zu sein. Ja, das waren wirklich die Worte dieses Arschlochs!

Im Nachhinein weiß ich gar nicht mehr, warum ich es so lange mit ihm ausgehalten habe. Mit neunzehn war ich halt noch sehr blauäugig und die Quittung dafür, habe ich achtzehn Monate später bekommen, als ich ihn mit seiner Tennispartnerin auf unserem Küchentisch erwischt habe. Nackt versteht sich; aber Shit Happens!

All diese Erfahrungen haben mich ziemlich selbstkritisch und unsicher gemacht, aber so möchte ich eigentlich gar nicht mehr sein. Ich will ausbrechen, möchte mich frei von diesen Selbstzweifeln machen und einfach das Leben genießen.

Um meine Gedanken zu verinnerlichen, lächle ich mein Spiegelbild an und nehme mir vor, mich selbst mehr zu achten und zu lieben. Ich werde mich auf die positiven Dinge und Faktoren konzentrieren, die mich ausmachen und die mich zu etwas Besonderem machen. Obwohl mich meine Haare fast täglich um den Verstand bringen, liebe ich sie. Diese Locken verleihen mir einen leicht verwegenen Charme und übersehen kann man mich damit auch nicht. Meine braunen Augen und meine Nase finde ich eigentlich auch schön. Sie harmonieren gut mit meinem herzförmigen Gesicht. Ja, an meinem Gesicht habe ich eigentlich nichts auszusetzen.

Bei meinem Körper sieht das schon wieder etwas anders aus. Eigentlich müsste ich nur ein bisschen mehr Sport betreiben und etwas weniger Schokolade essen, dann würde sich das alles von selbst erledigen. Da Schokolade aber mein Soul Food Nummer eins ist und ich beim Sport sofort Seitenstechen bekomme, erscheint mir der nötige Verzicht und die Plackerei nicht gerade verführerisch. Vielleicht sollte ich aber einfach damit aufhören, ausreden zu erfinden und meinen Arsch hochkriegen?!

Ich beschließe, das Körper- und Sportthema für heute auf sich beruhen zu lassen und begebe mich ins Bad. Ich ziehe mich aus, kicke die Kleidung mit dem Fuß in die Ecke, in der sich leider schon ein ordentlicher Wäscheberg angehäuft hat, um den ich mich *natürlich* morgen kümmern werde und stelle mich unter die Dusche. Das warme Wasser hilft mir dabei, die Anspannung des heutigen Tages abzulegen. Denn verdammt, ich stand heute wirklich durchgehend unter Starkstrom.

In vollen Zügen genieße ich das warme Nass und lasse den Duschkopf besonders langsam über meinen Körper gleiten. Als ich meine Augen schließe, taucht sofort ein Bild von Phil in meinem Kopf auf. Ich stelle mir vor, dass es seine Hände wären, die meinen Körper erkunden. Ein leichtes Prickeln erfasst mich und ich seufze entzückt auf, als der Wasserstrahl meine Perle trifft. Da ich dieses Gefühl noch weiter auskosten will, reibe ich langsam mit meinem Finger über meine intimste Stelle und erschaudere. Ich reagiere so heftig auf diese Berührung, weil mein Körper schon zu lange auf sie verzichten musste. Meine Finger wandern weiter und ich dringe langsam mit einem Finger in mich ein. Dieses köstliche Gefühl beflügelt mich, nehme aber kurze Zeit später einen zweiten Finger zur Hilfe, weil ich mich zu wenig ausgefüllt fühle. Immer schneller bewege ich meine Finger, denke dabei an Phil und seine außergewöhnlichen, geschickten Hände und komme nach kurzer Zeit so heftig, wie schon lange nicht mehr.

Okay. Wow. Was war das denn?

Völlig außer Atem drehe ich das Wasser ab, steige aus der Dusche und kann nur über mich selbst den Kopf schütteln. Ich sollte … nein besser gesagt ich MUSS meinem Zölibat wirklich ein Ende setzen, denn ich bin absolut untervögelt.

Als ich kurze Zeit später in meinem Bett liege, muss ich doch etwas grinsen. So halbwegs befriedigt fällt es mir auch wieder etwas leichter, einen klaren Kopf zu bewahren. Vielleicht sollte ich mich noch einmal bei ihm melden und mich erneut für das tolle Date bedanken. Oder soll ich ihm vorschwärmen, wie gut er küssen kann und dass er mich permanent aus dem Konzept bringt? *Als ob du das wirklich machen würdest, Mia …*

Ich nehme mein Handy, das auf meinem Nachttisch liegt und halte kurz inne, als ich eine ungelesene Nachricht entdecke. Schnell öffne ich diese und bin enttäuscht, als mir Claires Name angezeigt wird. Sie wollte nur kurz nachfragen, ob ich das Date wohl ohne größere Komplikationen überstanden habe. *Na, danke aber auch….*

Ich bin gerade dabei eine leicht patzige Antwort zu verfassen, als mein Handy wieder zu vibrieren beginnt. Mein Herz beginnt schneller zu schlagen und ich beiße mir auf die Unterlippe, während ich die Nachricht lese.

Phil
Soll ich dir was verraten?

Soll er das? Ich weiß es ehrlich gesagt nicht, denn zugegebenermaßen habe ich etwas Angst davor. Bereut er das Date und den Kuss jetzt etwa doch? Will er mich via Nachricht abservieren? Wobei das im Grunde ja der größte Quatsch wäre, denn so viel ist ja auch noch nicht passiert. Leider. Also nehme ich all meinen Mut zusammen und antworte.

Mia
Unbedingt.

Eigentlich würde ich noch gerne eine ganze Reihe Ausrufezeichen hinzufügen, aber das würde wahrscheinlich sehr verzweifelt wirken. Nervös starre ich auf mein Telefon und schlucke, als seine Antwort eintrudelt.

Phil
Auch wenn du mir wahrscheinlich nicht glauben wirst – ich fand unser Date toll und würde mich über eine Wiederholung sehr freuen.

Ich glaube ich sterbe gleich oder ich vergehe vor Verlangen nach diesem unglaublichen Kerl. Am liebsten würde ich ihm schreiben, dass er sofort herkommen soll. Ich warte schon auf ihn – nackt und willig. Aber leider werde ich niemals den Mut dazu aufbringen, um solche Zeilen zu verfassen.

Mia
Sehr gerne. Vorausgesetzt du verrätst mir endlich, was es mit dem Eichhörnchen auf sich hat ;)

Okay, ich gebe mich gerade ziemlich cool. In mir drinnen sieht es aber ganz anders aus und ich hätte jetzt gern das versprochene Sauerstoffgerät bei mir. Zum Glück muss ich nicht lange auf seine Antwort warten.

Phil
Ach Mia, ein Gentleman genießt und schweigt! Ich kann dir das leider noch nicht verraten, aber bald – versprochen ;)

Mit dieser Antwort kann ich leben, weil sie mir indirekt vermittelt, dass wir noch sehr viel mehr Zeit miteinander verbringen werden und diese Vermutung lässt mich zufrieden aufseufzen.

Mia
Na gut. Vorerst gebe ich mich mit dieser Antwort zufrieden. Was machst du morgen?

Hoffentlich klinge ich nicht wie eine Klette, aber ich würde ihn gerne wiedersehen. Außerdem will ich seine Hände auf meinem Körper spüren und seinen Geruch inhalieren. Denn sein Duft ist definitiv ein Orgasmus für meine Geruchsnerven. Herb und sinnlich, aber trotzdem mit einer leicht süßlichen Note, vermischt mit Minze – einfach zum Niederknien. Ich bin so vertieft und abgelenkt von meinen *Geruchsorgasmusgedanken*, dass ich seine Antwort nicht sofort bemerke.

Phil
Frühstück bei mir – wie wäre es?

Oh wow, er lädt mich zu sich ein?! Ist das auch eine indirekte Einladung in sein Bett?

Mia
Das wäre sehr schön. Um neun Uhr?
Ich bringe Brötchen mit.

Verdammt, ich weiß jetzt schon, dass ich heute Nacht wieder einmal kein Auge zubekommen werde. Zwar habe ich immer noch leichte Zweifel, ob diese Treffen wirklich so eine gute Idee sind, aber es fühlt sich einfach richtig an.

Phil
Sehr gut. Ich freue mich auf dich
und die Brötchen ;) Schlaf gut!

Das dümmliche Grinsen auf meinen Lippen tut schon fast weh und ich beschließe, ihm nicht mehr zu antworten. Irgendwie kann ich mein Glück immer noch nicht fassen. Werde ich vielleicht Sex mit dem wohl heißesten Typen der Universität … ach was, des Universums, haben? Diese innere Unruhe und dieses Prickeln, das sich in den unteren Regionen meines Körpers entwickelt, machen mich jetzt schon fertig. Hoffentlich wird morgen nichts Unangenehmes passieren. Da man mich ja nicht umsonst als Queen der Tollpatschigkeit bezeichnet, ist das leider nicht allzu weit hergeholt.

Nichts desto trotz, beschließe ich einfach alles auf mich zukommen zu lassen und kuschle mich voller Vorfreude in mein Kissen. Was soll denn auch schon Schlimmes passieren?

MISSVERSTÄNDNISSE AKA ABSOLUTE BEFRIEDIGUNG

Ich glaube, ich bin verflucht.

Als ich am nächsten Morgen meine Augen öffne, würde ich am liebsten losheulen. In den letzten Tagen war ich wohl zu sehr in meiner *Philblase* gefangen, denn ich habe meine heißgeliebten PMS Symptome verdrängt und anscheinend hat sich auch mein Zyklus etwas verschoben, denn jetzt bekomme ich die Quittung dafür.

Mit höllischen Unterleibsschmerzen begebe ich mich ins Badezimmer, um mir meine dringend benötigte Dosis Schmerzmittel zu besorgen. Gefühlte Stunden krame ich in den Tiefen meines Badezimmerschrankes, bis ich meinen Lebensretter für den heutigen Tag finde. Natürlich gönne ich mir gleich zwei Stück davon, denn doppelt hält ja bekanntlich besser – und hoffentlich auch länger.

Da ich schon ziemlich spät dran bin und ich ja auch noch zum Bäcker muss, absolviere ich nur ein zügiges Schminkprogramm, bestehend aus ein bisschen Rouge, Mascara und

Lipgloss. Als heutiges Outfit entscheide ich mich für ein trendiges Jeanskleid mit Leggins und wage sogar einen zweiten Blick in den Spiegel, da ich mich in diesem Aufzug ganz passabel finde. Ich ziehe mir wie immer meinen geliebten schwarzen Sneakers an und werfe mir meine Lederjacke mit Nieten über. Ich möchte nicht allzu gestylt wirken, aber trotzdem möchte ich einen guten Eindruck hinterlassen und dafür lohnt es sich definitiv, sich etwas ausführlicher mit seiner Kleiderwahl zu befassen.

Zufrieden verlasse ich die Wohnung und als ich kurze Zeit später, vollbepackt mit leckeren Brötchen vor der Straßenbahn stehe, stutze ich verwirrt. Entweder hat mein vernebeltes Hirn die Information mit Phils Adresse vergessen oder er hat sie mir nicht gegeben. Umständlich krame ich mein Handy aus der Tasche, wähle seine Nummer und plappere, als er rangeht, einfach so darauf los.

»Guten Morgen, ich weiß, ich bin zu spät. Könnte aber vielleicht daran liegen, dass ich gar nicht weiß, wo ich hinfahren muss.« Ich bin plötzlich so nervös, dass ich Phil gar nicht zu Wort kommen lasse. »Also wäre es vielleicht sinnvoll, wenn du mir deine Adresse nennen würdest …« Da ich wieder einmal vergessen habe, Luft zu holen, höre ich mich auch ziemlich atemlos an.

»Hey, Mia …«, sagt er mit merkwürdiger Stimme und ich merke sofort, dass etwas nicht stimmt. »Sorry, wegen der Adresse, aber heute ist es sowieso unpassend. Können wir das Frühstück verschieben?«

Fassungslos und leicht eingeschnappt benötige ich ein paar

Sekunden bis seine Worte bei mir ankommen. *Ist das sein verdammter Ernst? Hätte er mir das nicht schon vorher mitteilen können?!*

»Wow, das bemerkst du aber früh.« Ich kann den angepissten Unterton leider nicht verbergen. »Aber kein Problem, vielleicht ergibt sich ja irgendwann mal wieder etwas.»

Als sich Phil zu Wort melden möchte, lege ich einfach auf, da ich keine Lust auf irgendwelche Ausreden habe. Frustriert packe ich mein Handy wieder weg und fahre mir mit der freien Hand über mein Gesicht. Irgendwie wusste ich, dass es so kommen wird!

Diese Blase, in der ich mich befunden habe, war einfach zu schön, um wahr zu sein. Als es in meiner Tasche zu vibrieren beginnt, ignoriere ich es einfach. Gerade möchte ich nicht mit ihm reden.

Ich weiß ehrlich gesagt auch nicht, was sich momentan schlimmer anfühlt: die Tatsache, dass er mich einfach versetzt hat oder das altbekannte Gefühl, nicht gut genug zu sein. Ich schüttele über mich selbst den Kopf und versuche diese Gedanken zu verdrängen.

Unschlüssig drehe ich mich einmal im Kreis und überlege was ich jetzt mit der Ladung Brötchen anstellen soll. Wegwerfen kommt natürlich nicht in Frage. Enten füttern fällt auch flach, weil der nächste Teich einfach zu weit entfernt ist und auf ein Frühstück alleine habe ich erst recht keinen Bock.

Ich entschließe mich, Claire einen unangemeldeten Besuch abzustatten, da unser letztes Treffen sowieso schon viel zu lange zurückliegt. Mit gemischten Gefühlen steige ich in die Straßenbahn, die Gott sei Dank einmal pünktlich ist und setze mich auf einen freien Platz am Fenster. Meine Gedanken rotieren natürlich wieder, aber ich versuche sie so gut wie möglich auszublenden. Claire kann mich vielleicht auf andere Gedanken bringen. Sie ist ja sowieso immer über den neuesten Unitratsch informiert, obwohl mich das normalerweise nicht interessiert. Vielleicht erzählt sie mir auch endlich etwas über ihren mysteriösen Liebhaber. Wenn es schon bei mir nicht läuft, dann sollte wenigstens Claire auf ihre Kosten kommen.

An der Haltestelle vor ihrer Wohnung steige ich aus und hechte zur Eingangstür, die gerade noch von einem herauskommenden Nachbarn offengehalten wird. Freundlich bedanke ich mich und nehme die Treppe in den vierten Stock. Da der Lift der Wohnanlage schon längere Zeit defekt ist, komme ich schwer atmend und schwitzend oben an. Dieses Liftdebakel ist wirklich eine Zumutung, aber wenigstens benötigt Claire kein Fitnesscenter mehr, wenn sie diesen Aufstieg jeden Tag hinter sich bringen muss.

Ich drücke auf den Knopf ihrer Klingel und verlagere nervös das Gewicht von einem auf den andern Fuß. Ich hoffe sie nimmt mir meinen unangemeldeten Besuch nicht übel, aber ich brauche jetzt einfach jemanden zum Reden. Leider bleibt die Tür trotz mehrmaligen Klingen verschlossen und ich seufze enttäuscht auf. Schläft sie vielleicht noch? Ich starte einen letzten Versuch und hämmere mit meiner Faust gegen die Tür.

Als diese kurze Zeit später energisch aufgerissen wird, stolpere ich einen Schritt zurück und starre die Person, die mich wütend anfunkelt, mit offenem Mund an. *Also das ist definitiv nicht Claire.*

Jedenfalls hatte ich sie nicht so groß und muskulös in Erinnerung. Claire würde mir auch niemals mit nacktem Oberkörper die Tür öffnen, dieses männliche Exemplar muss sich aber auf alle Fälle nicht verstecken. Etwas unbeholfen schiele ich an ihm vorbei, um mich zu vergewissern, dass ich mich nicht in der Wohnung geirrt habe. Vor mir befindet sich aber Claires Flur und ich erhasche auch einen Blick in ihr Wohnzimmer.

»Kann ich dir irgendwie behilflich sein?«, fragt mich dieser Adonis mit hochgezogener Augenbraue und musterndem Blick. Dass ich ungeniert seinen nackten Oberkörper betrachten kann, macht ihm anscheinend wirklich nichts aus.

»Äh, ich bin auf der Suche nach Claire. Ist sie nicht hier?«, frage ich misstrauisch nach.

Der Schönling lächelt mich offen an. »Ich nehme mal an, du bist Mia?« Als Antwort nicke ich nur und entspanne mich augenblicklich. »Claire hat schon einiges über dich erzählt. Sie schläft noch und ich möchte sie ungern wecken! Soll ich ihr was ausrichten?«

Ich schüttele meinen Kopf und beiße auf meiner Unterlippe herum. Natürlich werde ihm nicht von meiner Misere in Kenntnis setzen. Das ist einfach ein Frauending und geht ihn im Grunde ja auch gar nichts an. Deshalb überreiche ihm die Tüte mit den Brötchen und versuche nicht auf seine durchtrainierte Brust zu starren.

»Nein, passt schon. Könntest du ihr ausrichten, dass sie mich bitte dringend anrufen soll?«

Etwas verwirrt blickt er auf die Tüte, sieht danach aber mit einem für Männer recht untypischen mitfühlenden Blick zu mir. Ich versuche Haltung zu bewahren, aber ehrlich gesagt fühle ich mich durch seine Blicke ziemlich unwohl in meiner Haut.

»Alles klar, ich kann sie aber auch gleich wecken, wenn es so wichtig ist?«, schlägt er vorsichtig vor.

Schnell schüttele ich meinen Kopf. »Nein, es ist wirklich in Ordnung. Ich muss jetzt auch wieder los«, meine ich und hebe zum Abschied nur kurz meine Hand. Schnellst möglich laufe ich die Stufen des Treppenhaus nach unten und bin mir sicher, dass er mich jetzt für völlig bekloppt hält.

Vor der Tür atme ich tief durch. Da frühsommerliche Temperaturen herrschen entschließe ich mich dazu, nicht die Bahn zu nehmen. Die frische Luft wird mein Gemüt hoffentlich ein bisschen besänftigen und mich runterholen.

Aber verdammt, drei Kilometer sind dann doch ein verdammt langer Fußmarsch und ich komme ziemlich müde zuhause an. Ich schließe meine Tür auf, ziehe meine Jacke und Schuhe aus und begebe mich sofort ins Bett.

Seufzend ziehe ich mir die Decke über den Kopf und ertappe mich dabei, wie ich versuche die ganze Situation auseinanderzunehmen und zu analysieren. Ich habe natürlich noch einmal kurz auf mein Handy gesehen und festgestellt, dass Phil insgesamt fünf Mal angerufen und mir zwei Nachrichten hinterlassen hat. Mir fehlt aber der Mut dazu, diese Nachrichten zu lesen. Vielleicht will er mich ja endgültig abservieren …

Anscheinend haben mich diese zermürbenden Gedanken rund um Phil wirklich ausgeknockt, denn ich schrecke durch ein permanentes Klingeln hoch. Ich springe aus dem Bett und sehe mich ziemlich orientierungslos um, da mein Zimmer schon in Dunkelheit gehüllt ist. Mit mörderischen Kopfschmerzen schleiche ich zur Tür. Ein nervöses Zittern durchfährt mich, als ich durch den Spion gucke. Atme aber erleichtert aus, als ich nicht Phil, sondern Claire entdecke. Sie sieht ziemlich besorgt aus, weshalb ich die Tür schnell öffne und einen anklagenden Blick von ihr ernte.

»Weißt du eigentlich, wie lange ich hier schon stehe und klingele?«, fragt sie mit böser Miene nach, mustert mich dann aber genauer und nimmt mich sofort in den Arm. »Hey, was ist denn los? Du siehst so aus, als hätte dich eine Eisenbahn überfahren.« *Na, danke aber auch!*

Ich ziehe sie wortlos in meine Wohnung und steuere die Couch an, auf die ich mich auch gleich fallen lasse. Claire folgt mir, setzt sich neben mich und sieht mit besorgtem Blick zu mir rüber.

»Es ist kompliziert ... oder auch nicht …«, beginne ich und reibe mir mit den Händen über die Augen. Verdammt, ich fühle mich wirklich total gerädert und wie lange habe ich überhaupt geschlafen? Es fühlt nämlich so an, als hätte ich den ganzen Tag verpennt! »Ich wäre heute eigentlich mit Phil verabredet gewesen, aber er hat mich versetzt.« Als mich Claire etwas verständnislos ansieht erzähle ich schnell weiter. »Er hat es nicht mal für nötig empfunden, mir abzusagen, sondern hat mich voll auflaufen lassen, als ich ihn um die Adresse gebeten habe.«

Claire macht große Augen und schüttelt ungläubig den Kopf. »Wow, ernsthaft? Das ist wirklich heftig«, erwidert sie missbilligend und nimmt mich dann mitfühlend in den Arm. »Hat er dir denn nicht gesagt, warum er keine Zeit hat?«, fragt sie nach.

»Nein, hat er nicht, aber er hat mir in der Zwischenzeit einige Nachrichten geschrieben, die ich noch nicht gelesen habe. Soll ich schnell mein Handy holen?«

Da Claire sowieso die Neugierde in Person ist, überrascht mich ihr heftiges Nicken nicht. Deshalb stehe ich grinsend auf, hole mein Handy aus dem Schlafzimmer und reiche es ihr. »Lies du die Nachrichten, ich habe zu viel Angst vor seinen Worten!«

Claire nimmt mir mein Telefon ab, tippt ein wenig darauf herum und fängt dann zu lesen an. Dabei beobachte ihre Mimik genau und werde immer nervöser, weil sie so gar keine Gefühlsregung zeigt. Als sich ihre Augen weiten und sie mich mit zusammengekniffenem Mund ansieht, wird mir richtig übel.

»Was ist denn los?«, dränge ich leicht panisch und nehme ihr das Handy aus der Hand. Ich lese mir die Nachrichten durch und merke, wie mir das Blut in den Adern gefriert. Oh Gott, wie konnte ich nur so egoistisch sein und nur an mich selbst denken?! Nochmals lese ich mir die Nachrichten durch und bekomme ein richtig schlechtes Gewissen.

»Was willst du jetzt machen?«, will Claire von mir wissen. Überfordert zucke ich mit den Schultern.

»Ich habe absolut keine Ahnung«, gestehe ich ehrlich und

überlege fieberhaft, was ich jetzt machen könnte. »Soll ich ihn anrufen? Das würde doch auch irgendwie blöd kommen. Wie soll ich ihm mein egoistisches Verhalten erklären?

»Hey, es tut mir leid, dass ich mich heute in meinem Selbstmitleid gebadet habe, während du dir Sorgen um deinen kleinen Bruder gemacht hast.«

Ich bin wirklich die dümmste, egoistische Kuh auf dieser Welt!

Phil hat mir nämlich geschrieben, dass sein kleiner Bruder heute mit einer Lungenentzündung ins Krankenhaus eingeliefert wurde. Er war bei ihm und konnte sich deshalb nicht mit mir treffen. Hätte ich ihm einfach zugehört und ihn ausreden lassen, dann hätte er sich auch nicht noch den Kopf wegen mir zerbrechen müssen. Denn laut seinen Nachrichten hat er das getan und deshalb steigt meine schlechte Gewissensskala gerade dimensional in die Höhe.

»Es ist ja jetzt schon ziemlich spät und ich glaube nicht, dass er noch im Krankenhaus ist. Wie wäre es, wenn du zu ihm fährst und dich persönlich entschuldigst?«

Claires Idee ist gar nicht einmal so schlecht – wenn die Sache nicht einen entscheidenden Haken hätte.

»Ich weiß doch nicht einmal, wo er wohnt«, verkünde ich seufzend. Als Claire neben mir zu strahlen beginnt, sehe ich sie entgeistert an und frage mich, woher ihr Stimmungswandel plötzlich kommt.

»Ha, ich weiß, was wir jetzt machen werden!« Begeistert klatscht sie in die Hände, steht auf und geht zu meinem Laptop, der am Küchentisch liegt. Energisch tippt sie in die Tasten und grinst zufrieden, als sie mir kurze Zeit später, den Laptop reicht. »Et voila, meine Liebe!«

Ich starre auf Phils Namen und die beigefügte Adresse. »Woher …«, beginne ich, komme aber nicht weiter, da mich Claire sofort unterbricht.

»Du weißt doch, dass ich seit Kurzem in der Administration der Uni tätig bin. Ein paar Mausklicks reichen, um die nötigen Informationen für dich zu sammeln.« Sie zwinkert mir so lieblich zu, dass ich nur lächelnd den Kopf schütteln kann.

»Du hast wirklich einen an der Waffel, aber gerade dafür liebe ich dich so!«

Stürmisch umarme ich meine beste Freundin, richte mich dann aber schnell wieder auf, da ich keine Zeit verlieren möchte. Mit einem Bleistift kritzle ich die Adresse auf einen Zettel, stopfe ihn in meine Hosentasche und schnappe mir meine Jacke. Ungeduldig warte ich, bis Claire ihre Sachen gepackt hat und wir gemeinsam meine Wohnung verlassen. Ich sehe zwar gerade wie eine Vogelscheuche aus, aber das ist mir in diesem Moment herzlich egal. Wir steuern die nächste Straßenbahnhaltestelle an und ich verabschiede mich von Claire, da ihre Wohnung am Stadtrand von Heidelberg liegt und sie in die entgegengesetzte Richtung fahren muss. Als ich in die Bahn steige und auf einer Bank Platz nehme, werde ich richtig nervös.

Phils Wohnung ist nur gute zehn Minuten von meinem Stadtteil entfernt und ich überlege fieberhaft wie ich mich bei ihm entschuldigen kann. Ich bin mir ja nicht einmal sicher, ob er zuhause sein wird oder ob er überhaupt mit mir sprechen möchte, aber ich versuche einfach positiv zu denken.

An der richtigen Haltestelle steige ich aus und hole den Zettel mit Phils Adresse aus meiner Hosentasche. Ich habe Glück, denn das Wohnhaus in dem Phil lebt, befindet sich genau auf der gegenüberliegenden Straßenseite. Da ich dieses Glück aber nicht überstrapazieren möchte, überquere ich übervorsichtig die Straße und seufze erleichtert auf, als ich die Klingel für Phils Wohnung betätige.

Kurze Zeit später springt die Tür automatisch auf und ich begebe mich auf die Suche nach Phils Wohnung. Im zweiten Stock werde ich fündig und bleibe unschlüssig vor seiner Tür stehen. Soll ich klopfen oder nicht? Abwägend schließe ich meine die Augen und kann mich nicht dazu überwinden, den nächsten Schritt zu wagen.

»Meditierst du hier gerade oder hast du dich verlaufen?«

Beim Klang von Phils Stimme öffne ich überrumpelt die Augen und sehe ihn mit offenem Mund an. »Ähm … also … ich …«, stammle ich und finde einfach nicht die richtigen Worte. Ich habe gar nicht bemerkt, dass er die Türe geöffnet hat und atme peinlich berührt tief durch. »Es tut mir so verdammt leid, Phil! Wie geht es deinem Bruder? Muss er lange im Krankenhaus bleiben? Ich hasse Krankenhäuser …«, plappere ich einfach so darauf los, weil ich verdammt nervös bin und hoffe, dass er meine Entschuldigung annehmen wird.

Phil beugt sich nach vorne und lässt seinen Blick über meine Schulter hinwegschweifen. »Jetzt komm erst einmal rein. Die Nachbarn hier sind verdammt neugierig!«

Mit sanftem Druck umfasst er meinen Oberarm und führt

mich in seine Wohnung. Erleichterung überkommt mich, da er mir nicht die kalte Schulter zeigt und mich hereinbittet. Als sich mein Blutdruck wieder etwas normalisiert hat, sehe mich um und staune nicht schlecht.

»Wow, deine Wohnung ist so …«, beginne ich überrascht und lasse meinen Blick durch das Wohnzimmer wandern. Im Gegensatz zu meiner Wohnung herrscht hier absolut kein Chaos. Alles scheint an seinem vorhergesehenen Platz zu stehen und ich entdecke weder Staub noch Krümel auf dem Couchtisch. »… so sauber und toll eingerichtet. Richtig untypisch für einen Mann.«

Phil zuckt bei meinen Worten nur grinsend mit den Schultern und streicht sich leicht verlegen durch die Haare. »Ich mag es eben, wenn es aufgeräumt ist und bei der Einrichtung hatte ich Hilfe.«

Es liegt mir auf der Zunge zu fragen, ob diese *Hilfe* vielleicht den Namen Sarah trägt, aber natürlich bleibe ich still. Mein Blick wandert zu meinen Schuhen und ich streife diese ab, da ich Angst habe, ich könnte hier zu viel Dreck hinterlassen. Ernst gehe ich dann auf Phil zu und sehe zu ihm hoch.

»Das, was ich vorhin gesagt habe, meine ich auch wirklich ernst. Es tut mir wahnsinnig leid! Ich hätte einfach deine Nachrichten lesen sollen, aber ich bin halt verdammt stur und dafür könnte ich mir oft selbst in den Arsch treten. Ich hoffe, du kannst mir verzeihen?«

Mein Blick ist anscheinend so flehend, dass Phil mich sofort in eine Umarmung zieht und verwegen lächelt.

»Schon vergessen …«

Eine kleine Welle der Erleichterung überkommt mich und ich schmiege mich an ihn. »Wie geht es deinem Bruder?«, frage ich in leisem, besorgtem Ton nach.

Phil seufzt. »Es geht ihm den Umständen entsprechend gut. Er ist stabil, muss aber einige Tage im Krankenhaus bleiben! Der Kleine ist aber wirklich tapfer«, erklärt er mir ruhig und ich atme erleichtert aus.

»Das sind doch gute Nachrichten, oder? Wie heißt denn der Kleine überhaupt und wie alt ist er?«

Phil führt mich während meiner Fragerei zu seiner Couch, die wirklich sehr bequem aussieht und wir setzen uns beide.

»Sein Name ist Lukas und er ist gerade sieben geworden. Aber jetzt zu dir!« Sein durchdringender Blick geht mir in Mark und Bein und am liebsten würde ich wegsehen, weil ich mich gerade so unwohl in meiner Haut fühle.

»Ich würde wirklich gerne wissen, was in deinem hübschen Köpfchen vorgeht …«, überlegt er mit leiser Stimme, sodass ich ihn kaum verstehe. Ich erwidere seinen Blick und kaue nervös auf meiner Unterlippe herum.

»Für mich ist das alles ziemlich neu, Phil«, beginne ich ebenso leise, nehme aber all meinen Mut zusammen und halte den Blickkontakt aufrecht. »Ich meine, sieh dich doch mal an, du bist absolut umwerfend und könntest mit jedem beliebigem Mädel Zeit verbringen. Vergeudest deine Zeit aber lieber mit mir. Warum?«

Das letzte Wort kommt verdammt zaghaft über meine Lippen, weil mich dann doch der Mut verlässt.

Phil legt seine Hand an meine Wange und streicht darüber.

»Ach, Mia …« Er schließt für einen kurzen Moment die Augen, öffnet sie aber gleich wieder, um mich mit einer Intensivität anzusehen, die mir die Luft zum Atmen nimmt. »Zuerst einmal musst du definitiv an deinem Selbstvertrauen arbeiten«, klagt er leicht an, schüttelt dann aber wieder lächelnd den Kopf. »Auch wenn du mir nicht glauben willst, aber ich mag dich einfach! Mir gefällt deine große Klappe und dass du mir nicht irgendetwas vorspielst, um mir zu imponieren. Du glaubst gar nicht wie viele Mädels ich kennengelernt habe, die mir ihr wahres Gesicht erst viel später gezeigt haben. Und darauf habe ich einfach keinen Bock mehr.«

Seine Worte lassen mein Herz höherschlagen, wobei ich wirklich nicht wissen möchte, wie viele Mädels er damit meint.

»Außerdem …«, führt er fort und streicht dann langsam mit seiner Hand über meine Locken »…finde ich dich ziemlich hübsch. Ich mag deine Locken, sie stehen dir richtig gut und die hier …«, als er mir mit seinem Daumen über meine Lippen streicht, halte ich die Luft an. »…sind auch nicht zu verachten. Also nimm es einfach so hin wie es ist, okay? Ich möchte einfach Zeit mit dir verbringen und diese auch genießen. Alles Weitere wird die Zukunft zeigen. Bist du damit einverstanden, Eichhörnchen?«

Sein entwaffnendes Lächeln ist so ansteckend, dass ich auch zu grinsen beginne.

»Einverstanden. Aber unter einer Bedingung!«, schmunzele ich und ernte dafür einen neugierigen Blick von ihm. »Du verrätst mir endlich was es mit diesem *Eichhörnchen* auf sich hat. Ich fühle mich etwas diskriminiert, weil ich wirklich etwas zu klein geraten bin, aber das mit dem haarig sein …«

Dass er meine Worte nicht ernst nimmt, erkenne ich sofort, als er breit zu grinsen beginnt.

»Okay, du hast gewonnen!« Phil nimmt wieder meine Hand, zeichnet mit seinem Finger kleine Kreise auf meine Handinnenfläche und beginnt langsam zu erzählen. »Das Ganze hat mit meinem kleinen Bruder zu tun. Als er ein Kleinkind war, konnte er das Wort "Einhorn" nicht aussprechen und hat immer *Einhörnchen* gesagt. Wir fanden das natürlich alle immer ziemlich lustig. Als du dann in der Uni in mich gekracht bist und ich dein kleines Horn entdeckt habe, hat mich das irgendwie in diese Zeit zurückversetzt und ich musste wieder an diese Geschichte denken. Du hast dich mir also ins Hirn gebrannt und ich kann dir jetzt schon sagen, dass du diesen Spitznamen wahrscheinlich nicht mehr los werden wirst.«

Wow, mit so einer Geschichte habe ich nicht gerechnet und irgendwie berühren mich seine Worte total. Mir wird richtig warm ums Herz. Phil scheint meine Reaktion auch zu gefallen, denn er zieht mich näher zu sich.

»So sprachlos bist du selten …«, flüstert er mir leise ins Ohr und ich bekomme eine Gänsehaut. Ich drehe mein Gesicht in seine Richtung und betrachte seine schön geschwungenen Lippen. Als er diese unbewusst befeuchtet, kann ich meinen Blick nicht mehr davon losreißen. Leider bin mir jetzt schon sicher, dass ich nicht mehr genug von diesem verlockenden Mund bekommen werde, der an der rechten Seite eine kleine Narbe hat.

Werde ich es verkraften, wenn ich aus diesem Traum erwache? Phil gibt mir gar nicht die Möglichkeit, länger darüber nachzudenken, denn er senkt seine Lippen auf meine. Leidenschaftlich heiße ich seine Küsse willkommen, schalte meinen Kopf ab und öffne meinen Mund. Seine Zunge schiebt sich langsam zwischen meine halb geöffneten Lippen und ich nehme seinen köstlichen Geschmack nach frischer Minze in mir auf. Ein leises Stöhnen entfährt mir, da er meine Zunge in ein gekonntes Spiel verwickelt. Meine Hände wandern wie selbstverständlich in seine Haare und ich genieße dieses Gefühl, dass noch viel besser ist, als in meiner Vorstellung. Als seine Hände langsam über meine Seite fahren und er zu dem ersten Knopf meines Jeanskleides wandert, um ihn zu öffnen, stoppe ich ihn. Kurz schließe ich die Augen und werde rot, weil ich nicht weiß, wie ich Phil meine aktuelle Misere erklären soll.

»Vorneweg, deine Lippen und deine Küsse haben Suchtpotential … aber wir können leider nicht weitermachen.« Mit hängenden Schultern und entschuldigendem Blick sehe ich ihn an, spreche aber schnell weiter, als er mich verständnislos ansieht. »Das hat auch nichts mit dir zu tun …«, nervös kaue ich auf meiner Unterlippe herum, weil mir die Situation absolut peinlich ist. »… aber momentan befinde ich mich gerade in meiner Schmollwoche und ich habe einen Ferrari in der Tiefgarage, also wäre es sehr ungünstig, wenn wir weitermachen würden.«

Phils Blick bleibt weiterhin etwas verständnislos, also setze ich seufzend fort.

»Okay anders formuliert. Ich habe einen Maler im Keller und glaub mir, du möchtest nicht auf meiner roten Welle aufspringen.« Ich sehe ihn unsicher an und bin mir ziemlich sicher, dass er mich nicht mehr für Zurechnungsfähig hält. Da er mich jetzt mit leicht gerunzelter Stirn ansieht, aber anscheinend immer noch keine Ahnung hat, lasse ich die Bombe platzen.

»Ach verdammt, ich habe meine Tage okay?«, kommt es peinlich berührt über meine Lippen und ich sehe zu Boden.

Als Phil zu lachen beginnt, hebe ich meinen Kopf, kneife meine Augen zusammen und fühle mich doch etwas verarscht.

»Also für mich ist Ganze nicht so lustig. Außerdem lässt die Wirkung der verdammten Schmerztabletten so langsam nach und das macht es nicht gerade besser!«, gebe ich leicht patzig von mir.

Phil, der sich langsam wieder beruhigt, zieht mich enger zu sich. »Ich bin zwar keine Frau, aber ich habe trotzdem ein bisschen Ahnung von euren „*Frauenproblemen*". Trotzdem danke für die doch sehr merkwürdige Umschreibung.«

Als mir bewusst wird, dass er mich nur auf den Arm genommen hat, boxe ich ihm leicht gegen die Schulter.

»Das ist nicht witzig! Mir ist das verdammt peinlich und es ist ja nicht das erste Mal, dass ich einen schönen Moment zerstöre …«, sage ich geknickt und bin mir ziemlich sicher, dass Phil weiß, von welchem Moment ich spreche. Da die Couch unter mir nachgibt und Phil aufsteht, sehe ich zu ihm auf.

»Na dann sollten wir dich ein bisschen von deinen Schmerzen ablenken, oder?«, fragt er mich.

Ich sehe ihn verwirrt an. »Okay, und wie möchtest du das anstellen?«

»Lass dich überraschen. Aber erst einmal habe ich verdammt

großen Hunger. Den Fraß im Krankenhaus habe ich die letzten Tage nicht mehr runter bekommen. Hast du auch Lust auf Pizza?« *Yeah, Pizza!*

Lächelnd nicke ich, stehe auch auf und wir ziehen uns beide schweigend an. Als wir die Wohnung verlassen, merke ich erst richtig, wie hungrig ich bin. Gott sei Dank bekommt Phil nicht mit, wie laut mein Magen vor sich hin knurrt, denn ich habe heute wirklich kaum etwas runter bekommen.

Phil führt mich zu einem kleinen italienischen Restaurant, dass nicht unweit von seiner Wohnung entfernt ist. Wir steuern einen der abgelegenen Tische an und ich setze mich ihm gegenüber. Ich betrachte ihn dabei, wie er seine Jacke auszieht und kann das leichte Seufzen, das mir über die Lippen kommt, nicht unterdrücken. Als Phil mich mit hochgezogener Augenbraue ansieht, sehe ich ertappt weg.

»Ist alles in Ordnung bei dir?«, fragt er vorsichtig nach und ich nicke schnell. Ich kann gerade selbst nicht zuordnen, ob dieses Seufzen einen betrübten oder verzückten Hintergrund hat. Vielleicht liegt es auch an meinem momentanen Frauenproblem. Meine Hormone spielen auf alle Fälle verrückt.

Die Bedienung tritt an unseren Tisch und ich bin froh über diese kurze Ablenkung. Wir bestellen beide Cola und jeweils eine leckere Pizza mit viel Käse und Salami. Nachdem die Bedienung wieder von dannen gezogen ist, sehe ich mich etwas nervös in dem kleinen, aber schnuckeligen Restaurant um. Mir gefällt der Stil wirklich gut, denn alles ist in dunklen, aber gemütlichen Tönen eingerichtet und man fühlt sich hier richtig willkommen. Ich würde dieses Gefühl auch wirklich sehr gerne vollkommen auskosten, aber ich kann es einfach nicht und ich bin mir auch ziemlich sicher, dass Phil das bemerkt.

»Okay Mia. Was ist los? Ist dir der Appetit vergangen? Fühlst du dich unwohl oder möchtest du lieber wieder gehen? Wir können die Pizza bestimmt auch mitnehmen«, will er von mir wissen.

Vehement schüttele ich mit dem Kopf und ernte einen leicht frustrierten Blick von Phil. Ich bekomme sofort ein schlechtes Gewissen, weil ich selbst nicht weiß, was mit mir los ist. Mit heruntergezogenen Mundwinkeln sehe ich ihn an und würde mir am liebsten selbst ohrfeigen, weil ich eine absolute Spaßbremse bin.

»Ich weiß es ehrlich gesagt nicht«, beginne ich wahrheitsgemäß. »Der Tag heute war einfach katastrophal und ich merke gerade selber, dass ich keine gute Begleitung bin. Normalerweise müsste ich dich Ablenken und versuchen *dir* den Abend etwas erträglicher zu machen, aber jetzt sitzen wir hier und du machst dir schon wieder unnötigerweise Gedanken um *mich.*« Ich bin selbst überrascht, wie leicht mir diese Worte über die Lippen kommen. Als ich aber in Phils Gesicht sehe, ahne ich nichts Gutes.

»Erstens Mal, musst du dir deinen hübschen Kopf nicht wegen mir zerbrechen. Mir geht es soweit gut. Der kleine Rowdy wird auch wieder auf die Beine kommen und ich bin froh, dass du heute noch mit mir sprechen wolltest. Also versuch mal deine oftmals nicht nachzuvollziehenden Gedanken abzuschalten und vielleicht schaffst du es dann, dass hier zu genießen, okay?«

Ich kann ihm nicht sofort antworten, da die Bedienung gerade mit unserem Essen kommt. Mein Blick fällt auf die leckere Pizza, dessen Duft mir sofort in die Nase steigt und mir das Wasser im Mund zusammenlaufen lässt. Sofort schnappe ich mir ein Stück, da mich dieses Hungergefühl sonst noch killt. Als mir dieses Mal wieder ein leises Stöhnen entfährt, weil diese Pizza einfach nur legendär gut schmeckt, sehe ich Phil entschuldigend an und spreche mit vollem Mund. »Du hascht rescht … esch tut mir leid.«

Als Phil zu grinsen beginnt und sich auch ein Stück nimmt, lächle ich erleichtert und verputze das restliche Pizzastück, bevor ich wieder ernster werde.

»Ich bin momentan einfach so aufgewühlt und ich muss gestehen, dass das zum größten Teil auch an dir liegt.«

Phil hält in seiner Bewegung inne, was zugegebenermaßen sehr lustig aussieht und sieht mich verwundert an.

»Ich mein das absolut nicht negativ. Eher im Gegenteil. Ich bin einfach sehr überrascht, dass du wirklich Zeit mit mir verbringen möchtest. Ich weiß, dieses Thema hatten wir jetzt schon des Öfteren, aber ich versteh es einfach nicht.« Ich zucke mit den Schultern, schnappe mir schnell ein weiteres Stück der köstlichen Pizza und hoffe, dass es nicht auffällt, wie nervös ich gerade bin.

»Darf ich dir eine Frage stellen?«

Eigentlich möchte ich mit *NEIN* antworten, denn ich merke an Phils Körperhaltung, dass er jetzt bestimmt mit keiner lustigen Frage ankommen wird. Dennoch nicke ich, weil er eine ehrliche Antwort verdient hat.

»Du bist in der Vergangenheit ziemlich verletzt worden, oder?«, fragt er vorsichtig nach und ich versteife mich augenblicklich. Kurz schließe ich meine Augen und versuche mich zu sammeln. Wenn ich jetzt sofort meine Augen öffnen würde, würde er bestimmt all den Schmerz, den Kummer und die Enttäuschung darin ablesen können. Deshalb nehme ich mir die Zeit, die ich brauche, atme nochmal tief durch und sehe ihn dann an.

»Es gab in meinem Leben leider wirklich schon einige Erlebnisse, die mich zutiefst getroffen und verunsichert haben«, beginne ich zu erklären und wende dann meinen Blick ab, um weitersprechen zu können. »Ich habe mich eigentlich den Großteil meines Lebens für nicht wichtig empfunden, weil es nicht viele Menschen gab, die mir dieses Gefühl gegeben haben«, meine ich ernüchternd und muss dann doch schlucken, weil mich diese Erkenntnis mit voller Wucht trifft. »Meine Eltern sind bei einem Autounfall ums Leben gekommen, da war ich gerade mal zehn. Plötzlich gab es nur noch mich. Meine Großmutter hat sich zwar liebevoll um mich gekümmert, aber ich war einfach nicht mehr komplett. Mein Anker wurde mir entrissen und ich habe mich einfach nur sehr alleine und verlassen gefühlt. Ich habe mich damals komplett zurückgezogen und wollte mit niemandem etwas zu tun haben. Aus Frust habe ich dann angefangen, alles Mögliche in mich hineinzustopfen und wurde dann immer dicker und unglücklicher. Meine Schulkameraden haben das schamlos ausgenutzt und mir das Leben zur Hölle gemacht. Ich kann die ganzen Beschimpfungen, die sie mir an den Kopf geworfen haben, nicht mal mehr benennen. Aber sie haben verdammt weh getan …«

Langsam hebe ich meinen Blick in der Vermutung, dass Phil mich verständnislos ansehen könnte. Als ich aber das tiefe Mitgefühl in seinen Augen ablesen kann, muss ich mich zusammenreißen, um nicht loszuheulen. »Es gab dann wirklich noch viele weitere Erlebnisse, die mich zu der Person gemacht haben, die ich heute bin, aber ich möchte den Abend nicht komplett versauen und außerdem wird unsere Pizza kalt und kalte Pizza schmeckt nur nach einer durchzechten Partynacht richtig lecker.«

Mit diesem Spruch versuche die Stimmung etwas zu lockern, bin mir aber nicht sicher, ob mir das auch gelingt. Phil sieht mich auf jeden Fall so an, als wäre dieses Thema für ihn noch nicht gegessen.

»Es tut mir wahnsinnig leid, was dir widerfahren ist, Mia«, lässt er mich behutsam wissen. Matt lächelnd winke ich ab und widme mich wieder meiner Pizza.

»Wie gesagt, zu viele emotionsgeladene Geschichten für einen Abend. Lass uns lieber essen.«

Wir essen beide ziemlich schweigend vor uns hin und ich bin sehr froh, dass mir Phil keine weiteren Fragen mehr stellt. Als ich das letzte Stück meiner absolut köstlichen Pizza verputzt habe, lehne ich mich zurück und halte meine Hände schützend über meinen Bauch.

»Wow. Das war lecker, aber ich werde mich wahrscheinlich nie wieder bewegen können!«, gebe ich seufzend von mir und trinke meine Cola aus. Phil grinst mich nur wissend an und winkt den Kellner zu uns. Schnell hole ich mein Portemonnaie aus meiner Tasche, halte aber in der Bewegung inne, als ich Phils Blick auf mir spüre.

»Keine Chance, ich bezahle!«

Er sagt das mit so einer Überzeugung, dass ich nicht mal den Hauch einer Chance hätte, ihm vom Gegenteil zu überzeugen. Deshalb verstaue ich mein Portemonnaie wieder in meiner Tasche und lächle ihn dankend an.

»Danke, das wäre aber wirklich nicht nötig gewesen!«

»Doch das war es! Immerhin habe ich dich heute um dein Frühstück gebracht.«

»Vergeben und vergessen, wobei ich ja eigentlich die Schuldtragende bin …«

Phil winkt nur ab und wir stehen auf, nachdem er die Rechnung beglichen hat. Als wir das Restaurant verlassen, lächle ich dem Kellner nochmal zu und wir versichern ihm, dass wir bald wiederkommen werden.

Wir schlendern langsam zurück zu seiner Wohnung und als wir am Eingang ankommen, schiele ich kurz auf meine Uhr.

»Ich sollte mich jetzt lieber auf den Weg machen, wenn ich die letzte Bahn noch erwischen möchte …«, sage ich und gehe einen Schritt auf ihn zu. »Danke für diesen schönen Abend«, flüstere ich leise an sein Ohr und umarme ihn.

Als Phil den Druck verstärkt, fängt mein verräterisches Herz natürlich wieder wie wild zu pochen an und ich sehe zu ihm auf. Ich kann den Ausdruck in seinen Augen zwar nicht richtig deuten, aber er gefällt mir und ich könnte mich an das hier gewöhnen. Seine kräftigen Arme, die sich um mich legen, die mich halten und beschützen. Dazu sein unverkennbarer

Geruch – eine absolut gefährliche Mischung!

»Ich habe zu danken. Du hast meinen Abend um Welten besser gemacht!«, lässt mich Phil wissen.

Ich glaube ihm ist gar nicht bewusst, was seine Worte in mir auslösen. Ich fühle mich gerade so frei und unbeschwert wie schon lange nicht mehr und lächle ihn glücklich an.

»Dito, kann ich nur zurückgeben …« Dass er den Abstand zwischen uns so sehr verringert hat, dass kein Blatt mehr zwischen uns passen würde, bemerke ich erst, als Phil seine Lippen auf meine legt. Meine Hände finden automatisch den Weg zu seinem Nacken und ich gebe mich seinen Küssen hin. Dass wir hier mitten auf der Straße stehen, stört mich gerade herzlich wenig. Ich schmiege mich noch näher an ihn, nicht nur weil mir so langsam kalt wird, sondern auch weil ich dieses Gefühl seiner Nähe absolut berauschend finde. Als ich leicht angerempelt werde und jemand mit den Worten „*Sucht euch doch ein Zimmer*", an uns vorbeirauscht, weiche ich einen Schritt zurück und beginne zu lachen. Ich weiß nicht, ob ich mich dafür schämen sollte oder ob ich dieses beflügelte Gefühl einfach genießen sollte. Da Phil mich wieder mal mit seinem Höschen erweichendem Grinsen ansieht, entschließe ich mich für Letzteres.

»Wenn du möchtest, begleite ich dich noch nach Hause?«

Ich finde es richtig süß, dass er sich solche Gedanken um mich macht, aber ich schüttele nur meinen Kopf. »Quatsch, musst du nicht … ich schaff das auch alleine!«

Zum Abschied umarme ich ihn noch einmal, inhaliere hoffentlich unauffällig seinen Geruch und mache mich dann auf den Weg zur Straßenbahn. Phil lässt mich natürlich nicht aus den Augen und ich halte siegessicher eine Hand hoch, als ich die Straßenseite überquert habe.

Als die Straßenbahn kommt, steige ich ein und setze mich wieder ans Fenster, um nochmal einen kleinen Blick auf Phil werfen zu können. Er steht immer noch absolut lässig auf der anderen Straßenseite und ich kann einfach nicht genug von seinem Auftreten bekommen. Wenn ich jemals gedacht habe, dass Phil ein Arschloch sein könnte, dann widerrufe ich diesen Gedanken für alle Zeiten.

FÜR DEN REST DER MÄNNERWELT VERDORBEN

Die Tage vergehen und der Lernstress hat mich wieder in seinen Bann gezogen. Phil habe ich seit unserem letzten Treffen nicht mehr gesehen. Wir haben uns zwar hin und wieder geschrieben, aber ich möchte ihm auch nicht allzu sehr auf die Pelle rücken. Er schreibt momentan durchgehend an seiner Masterarbeit und sollte sich deshalb auch nicht noch mit einer nervenden Mia auseinandersetzen müssen. Wenn ich nur auch schon soweit wäre und das Licht am Ende des Tunnels sehen würde. Leider werde ich mich noch ein paar Jährchen mit meinem Psychologiestudium herumschlagen müssen.

Heute Abend bin ich mit Claire verabredet. Wir haben beschlossen, dass wir in diese neue Szene Club gehen werden. Anscheinend gibt es dort die leckersten und außergewöhnlichsten Cocktails der Stadt.

Naja, beschlossen hat es eigentlich Claire. Normalerweise meide ich solche *Etablissements*, weil ich mich dort ziemlich unwohl fühle. Aber was macht man nicht alles für seine beste

Freundin. Als sie völlig euphorisch vor mir gestanden und mir eindrücklich erklärt hat, dass wir diese Bar unbedingt mal abchecken müssen, konnte ich nicht nein sagen. Deshalb stehe ich jetzt ziemlich ratlos vor meinem Kleiderschrank und weiß nicht, was ich anziehen soll. Ich schnappe mir mein Handy und wähle Claires Nummer.

»SOS. Wir haben hier einen Notfall.«

»Lass mich raten, du weißt nicht was du anziehen sollst?«

»Hast du hellseherische Fähigkeiten, oder was?!«

»Nein, aber ich kenne dich einfach zu gut!«

»Dann hilf mir bitte. Ich bin gerade ziemlich überfordert«, jammere ich ins Telefon und scanne meinen Kleiderschrank von oben bis unten nach brauchbarem Material ab.

»Was ist mit diesem schwarzen Kleid, dass deine mördermäßigen *Boobies* so richtig gut zur Geltung bringt?« Ich greife in meinen Kleiderschrank, schnappe mir das Kleid von dem Claire so schwärmt und halte es an meine Brust.

»Ist das nicht ein bisschen zu gewagt?«, gebe ich zu bedenken.

»Wenn ich jetzt vor dir stehen würde, dann würdest du sehen, wie heftig ich gerade mit meinem Kopf schüttele«, lässt sie mich entschlossen wissen. »Also zieh es sofort an und wir treffen uns in einer Stunde vor dem Club.«

Dieses Mal bin ich es, die entschlossen nickt. »Alles klar, bis gleich.«

Ich beende den Anruf, werfe das Handy auf mein Bett und betrachte das Kleid ausführlich. Es ist nicht wirklich allzu freizügig, aber es sitzt an den richtigen Stellen ziemlich eng. Ich beschließe, einfach mal aus meiner Komfortzone auszubrechen, schlendere mit dem Kleid ins Bad und genehmige mir nur eine schnelle Dusche. Habe ja nicht mehr allzu viel Zeit und möchte auch noch mein Make-up und meine Haare perfektionieren.

Als ich eine halbe Stunde später zufrieden in den Spiegel sehe, der in meiner Diele steht, erkenne ich mich kaum wieder. Vor mir steht eine komplett veränderte Mia. Eine Mia, die mit ihren rot geschminkten Lippen wahrscheinlich den einen oder anderen Blick auf sich ziehen wird. Das schwarze Kleid legt sich sanft um meine Kurven und harmoniert gut mit dem sonst eher natürlich gehaltenen Make-up. Meine Locken trage ich seitlich gekämmt über die Schulter. Dadurch wird mein stattliches Dekolleté nicht in den Fokus gerückt und das gefällt mir richtig gut. Verzückt drehe ich mich einmal im Kreis, schnappe mir dann schnell meine Sachen und verlasse die Wohnung.

Ich komme zehn Minuten zu spät am verabredeten Club an und sehe mich um. Von Claire fehlt noch weit und breit jede Spur. Also zücke ich mein Handy aus der Tasche und scrolle mich durch meine WhatsApp Nachrichten. An Phils Chat bleibe ich hängen und lese mir noch einmal seine letzten Nachrichten durch. Er wünscht mir einen schönen Abend und ich soll es nicht übertreiben. Bei seinen Worten muss ich grinsen, weil ich mir einbilde, eine leichte Eifersuchtsnote raus zu lesen.

»Wer grinst denn hier so verliebt von einem zum anderen Ohr?«, höre ich die vertraute Stimme von Claire und stecke ertappt mein Handy ein.

»Ich weiß nicht, wovon du sprichst!«, antworte ich grinsend

und umarme sie. Ich lasse meinen Blick über Claires Outfit wandern und nicke anerkennend. Sie trägt ein weinrotes Satinkleid mit schwarzem Blazer und den dazu passenden Higheels. Ihr Styling ist wirklich immer perfekt abgestimmt und ich beneide ihr Können in dieser Hinsicht sehr.

»Wow, du siehst klasse aus. Nächstes Mal lässt du mich aber nicht so lange warten, okay?«

Claire winkt ab. »Ach komm, die paar Minuten. Du bist doch bestimmt auch zu spät gekommen.« Sie schnappt sich meine Hand. »Wir sollten uns jetzt lieber anstellen. Dauert bestimmt eine Weile bis wir reinkommen.«

Wir reihen uns in der Schlange ein und kommen schneller als gedacht in den Club. Drinnen angekommen, steuern die Bar an, müssen aber mit unserer Getränkebestellung warten, da der Thekenbereich ziemlich überlaufen ist. Neugierig sehe ich mich um und bin positiv überrascht. Hätte nämlich nicht gedacht, dass mir das Ambiente hier so gut gefallen würde. Der Bereich, in dem wir uns gerade befinden, ist edel eingerichtet und die Wände sind mit hochwertigen, grauverzierten Tapeten verkleidet. Es gibt einige Stehtische, aber auch viele graue runde Tische mit roten Stühlen, die alle besetzt sind. Eine kleine Tanzfläche, die indirekt beleuchtet wird, befindet sich im hinteren Teil und lädt zum Tanzen ein.

Ich tippe an Claires Schulter und ihr Blick folgt meinem deutenden Finger, der auf die Tanzfläche gerichtet ist. Wir grinsen beide, als wir zwei Mädels beobachten, die in unserem Alter sein müssten. Sie liefern eine ziemlich heiße Show ab und ich gehe mal schwer davon aus, dass die Beiden schon einiges Intus haben. Sie reiben sich lasziv aneinander, lassen ihre Hüften zur Musik kreisen und genießen die Blicke der anwesenden Männer. Egal wie betrunken ich jemals sein werde, so eine Show könnte ich niemals mit Claire abziehen.

Wir wenden uns wieder von dem Geschehen auf der Tanzfläche ab und machen mittels Handzeichen in Richtung der Kellner auf uns aufmerksam. Ein wirklich schnuckeliger Barkeeper, tritt auf uns zu und überreicht uns zwinkernd die Getränkekarte. Da die Auswahl an Spirituosen ziemlich groß ist, lassen wir uns vom Barkeeper verschiedene Cocktails empfehlen. Wir entscheiden uns für „Zombie“. Das wohl meist verkaufte Getränk in diesem Laden und ich habe jetzt schon die Befürchtung, dass dieser Cocktail ziemlich reinhauen wird. Die Bestätigung dafür bekomme ich keine fünf Minuten später, als ich mit Claire anstoße und vorsichtig an dem grauen Drink nippe.

»Wow, ich dachte der schmeckt nach Ananas und Zitrone«, rufe ich in Claires Richtung, da die Musik immer lauter wird.

Claire zieht an ihrem Strohhalm und verzieht das Gesicht. »Also ich schmecke nur Rum«, gibt sie lachend von sich und wir stellen uns an einen freigewordenen Stehtisch in der Ecke. »Aber sehen wir es positiv ...«, grinst sie vielsagend »...nach dem zweiten Cocktail sind wir bestimmt sternhagelvoll und müssen nichts mehr bestellen. Die Preise sind hier nämlich nicht mehr normal!«

Claire hat zwanzig Euro für unsere Drinks bezahlt und damit reihen sie sich in die Liga der wohl teuersten Cocktails unserer Laufbahn ein.

»Die nächste Runde geht auf mich!«, zwinkere ich ihr zu und wir stoßen gemeinsam an.

»Wie läuft es eigentlich mit Phil? Gibt es Neuigkeiten, von denen ich noch nichts weiß?«, möchte Claire von mir wissen.

Ich zucke mit den Schultern. »Eigentlich nicht. Er hat momentan wegen seiner Masterarbeit viel Stress und ich möchte ihm nicht auch noch unnötigerweise zur Last fallen.«

Claire hebt eine Augenbraue. »Also, an deiner Vorgehensweise müssen wir definitiv noch arbeiten!«

»So, müssen wir das? Ich wusste gar nicht, dass du unter die Beziehungsexperten gegangen bist, Frau Dauersingle!«, kontere ich schnaubend. Claire winkt nur ab und zieht an ihrem Strohhalm.

»Heute geht es nicht um mich, sondern um dich. Also trink deinen Cocktail aus und lass uns unsere Hüften schwingen.«

Wir müssen beide lachen und exen den Rest unserer Cocktails in einem Zug. Da dieses Teil viel zu hochprozentig für meinen Geschmack ist, verziehe ich leicht angewidert mein Gesicht.

Anschließend begeben wir uns zur Tanzfläche. Da sich ziemlich viele Menschen auf der kleinen Tanzfläche versammelt haben, gibt es nicht viel Platz um zu tanzen. Wir haben trotzdem Spaß, lachen und bewegen unsere Körper zum Beat der Musik. Als ich grob angerempelt werde, muss ich mich an Claire abstützen um nicht hinzufallen. Mein Gleichgewichtssinn hat sich nämlich dank des Cocktails schon in die hinterste Ecke verzogen. Ich drehe mich zu der Person, die mich angerempelt hat und meine Gesichtszüge gefrieren augenblicklich ein.

»Lass deine dreckigen Finger von Phil!«, blafft mich diese Sarah feindselig an, worauf sich in mir Verständnislosigkeit breit macht.

»Wie bitte?!«, frage ich deshalb nach. Was bildet sich diese unsympathische Trulla überhaupt ein? Das kann doch unmöglich ihr Ernst sein …

»Du hast mich schon richtig verstanden! Er gehört mir und du kannst dich nicht einfach zwischen uns und unsere Beziehung drängen.«

Geschockt blicke ich in ihre blauen Augen, die mich gerade so feindselig durchleuchten und kann nicht glauben, was ich da höre. Claire begibt sich neben mir schon in Angriffsposition. Beschwichtigend lege ich ihr aber eine Hand auf die Schulter, bevor ich wieder zu Sarah sehe.

»Ich wusste nicht ...«, beginne ich, komme aber nicht weiter, da sie mir sofort ins Wort fällt.

»Jetzt weißt du es aber und ich gebe dir einen gut gemeinten Rat: Halt dich von ihm fern!«

Gerne würde ich noch etwas erwidern, aber sie ist schon wütend abgezogen und hat mich und Claire einfach so stehen gelassen. Kopfschüttelnd sehe ich ihr hinterher und fühle mich so, als hätte ich gerade die Hauptrolle in einem der miesesten Liebesschnulzen eingenommen.

»Diese … diese hässliche Kuh kann was erleben, sollte sie mir noch einmal über den Weg laufen!« Claire ist so aufgebracht, dass ich sie kaum beruhigen kann. Da mir Sarahs Auftritt aber auch die Sprache verschlagen hat, ziehe ich Claire wortlos zur Bar und bestelle jeweils einen doppelten Tequila für uns.

Wir exen die Dinger ohne Zitrone und ich weiß nicht was sich schlimmer anfühlt. Das brennende Gefühl des Alkohols, der langsam meine Kehle hinuntergleitet oder das stechende Gefühl in meiner Brustgegend, weil mich Sarahs Worte so hart getroffen haben. Deshalb lehne ich meinen Kopf an den Tresen und würde am liebsten losheulen.

»Verdammt, verdammt, verdammt.«

Ich kann keinen klaren Gedanken mehr fassen. Als ich Claires warme Hand auf meinem Rücken spüre, sehe ich zu ihr hoch.

»Du rufst ihn jetzt an«, fordert mich Claire auf. Ich schüttele meinen Kopf.

»Ich weiß nicht, ob ich das kann«, jammere ich vor mich hin und merke, wie mir der Alkohol langsam zu Kopf steigt. Es fühlt sich so an, als hätte man mich in Watte gepackt und ich versuche eine Zeit lang über Claires Worte nachzudenken, komme aber zu keinem klaren Entschluss.

Trotzdem hole ich mein Handy aus der Tasche, scrolle durch meine Kontakte und muss meine Finger immer wieder zügeln, weil sie irgendwelche Kontakte ansteuern. Als ich Phils Namen entdecke, drücke ich auf den grünen Anrufknopf und warte mit rasendem Herzen. Jedoch geschieht nichts. Als er nach dem achten Klingeln immer noch nicht rangeht, springt seine Mailbox an. Fröhlich erklärt mir diese, dass ich nach dem *Piep* sprechen kann. Allein schon diese Fröhlichkeit reizt mich so sehr, dass die nächsten Worte ziemlich unüberlegt über meine Lippen kommen.

»Ich hasse dich«, flüstere ich mit verletzter Stimme ins Telefon, lege aber schnell wieder auf, weil ich das Gesagte sofort bereue. Hilfesuchend sehe ich zu Claire, die mich etwas geschockt ansieht.

»Oh mein Gott, ich bin so dumm«, seufze ich und lasse meine Stirn mehrmals auf der Theke aufschlagen. Claire stoppt meinen Selbstverletzungsversuch indem sie eine Hand zwischen meinen Kopf und der Theke legt.

»Nein, bist du nicht. Du bist betrunken und hast Liebeskummer. Das ist wirklich eine schlechte Kombination.«

Ich richte mich auf, reibe mir langsam über mein Gesicht und schüttele verzweifelt meinen Kopf. »Können wir bitte gehen? Ich habe keine Lust mehr!«

Claire nickt mitfühlend und ich erhebe mich leicht schwankend.

Im Freien angekommen, muss ich erst einmal tief Luft holen. In meinem Kopf dreht sich alles und deshalb schließe ich meine Augen. Wieso musste dieser Abend so enden? Wäre ich doch zuhause geblieben und hätte mich in meinen Büchern vergraben, dann würde ich mich jetzt nicht so schlecht fühlen. Als ich meine Augen wieder öffne, trifft mich Claires besorgter Blick und ich brauche einen kurzen Moment, um mich richtig orientieren zu können. Leider befinden sich nicht, wie erhofft, wartende Taxen vor der Bar, weshalb ich Claire mit verzogener Miene ansehe.

»Okay, dann werde ich uns wohl ein Taxi rufen müssen.«

Umständlich hole ich mein Handy aus der Tasche und zucke zusammen, als es zu vibrieren beginnt. Ungläubig starre ich auf Phils Namen, der mir in großen schwarzen Buchstaben entgegen leuchtet und bin mir nicht sicher, was ich jetzt machen soll. Als Claire über meine Schulter linst und seinen Namen entdeckt, stupst sie mich heftig an und signalisiert mir, dass ich abheben soll.

»Hallo?«, gebe ich mit piepsiger Stimme von mir, als ich den Anruf entgegennehme.

»Mia? Ist alles in Ordnung bei dir? Ich habe gerade meine Mobilbox abgehört …« Phil führt den letzten Satz bewusst nicht zu Ende und ich muss mich wirklich zusammenreißen, nicht allzu betrunken zu klingen.

»Ich ... hab mich verwählt …«, erwidere ich kleinlaut und schließe meine Augen. *Sehr lahme Ausrede, Mia …*

»Bist du betrunken? Ist irgendwas passiert?«, will er von mir wissen und ich kaue nervös auf meiner Unterlippe herum.

»Nein, nur diese Sarah …« Ich kann einfach nicht weitersprechen und seufze ins Telefon.

Ich höre wie Phil tief ausatmet. »Wo bist du? Ich hole dich ab.« Im Hintergrund kann ich ein Rascheln wahrnehmen und bin mir ziemlich sicher, dass er gerade aufgestanden ist und sich anzieht.

»Was, nein? Du musst mich nicht abholen«, kommt es leicht erschrocken über meine Lippen und sehe zu Claire, die mich nur grinsend ansieht und einen Daumen nach oben hält.

»Es ist zwei Uhr morgens und ich diskutiere jetzt bestimmt nicht mit dir. Also wo bist du gerade?«

Uuupps. Habe ich ihn jetzt etwa verärgert?

Ich nenne ihm den Namen der Bar und die Straße, in der sie sich befindet und Phil legt mit dem Versprechen auf, dass er gleich hier sein wird. Leicht überfordert sehe ich zu Claire, die über den Ausgang des Gespräches anscheinend sehr zufrieden ist. Sie grinst nur fröhlich vor sich hin.

»Was grinst du denn so blöde?«, frage ich überfordert nach. Die Tatsache, dass sich Phil jetzt wirklich wegen mir auf den Weg macht, lässt mich total unruhig werden. Claire wackelt nur verschwörerisch mit den Augenbrauen.

»Mach ich doch gar nicht. Aber das wird spannend!«

Ich schüttele meinen Kopf und kann Claires Euphorie absolut nicht nachvollziehen.

Von Minute zu Minute werde ich unruhiger und weiß nicht, ob ich mich über diese Heimbringaktion freuen soll oder nicht. Er wird doch bestimmt denken, dass ich einen an der Klatsche habe. Und ehrlich gesagt habe ich auch ein bisschen Angst vor seiner Reaktion. Mit großer Wahrscheinlichkeit wird er auch wissen wollen, warum ich so viel getrunken habe. Soll ich ihn darüber in Kenntnis setzen, dass er der Grund dafür ist? *Besser nicht …*

Angespannt laufe ich auf dem Gehweg auf und ab und reibe über meine Arme. Es ist wirklich noch verdammt kalt, obwohl der Sommer eigentlich schon vor der Tür steht.

Als ein schwarzes Auto vor der Bar hält und jemand aussteigt, bleibe ich abrupt stehen. Natürlich erkenne ich Phil sofort an seiner stattlichen Statur, den breiten Schultern und leider auch am ernsten Blick, den er zielsicher auf mich gerichtet hat. Überfordert lächle ich ihn an, als er vor mir stehen bleibt und tippele von einem Fuß auf den anderen.

»Hör mir zu Phil«, beginne ich und bin selbst überrascht, wie nüchtern ich plötzlich klinge. »Ich hätte dich nicht anrufen sollen. Es tut mir verdammt leid. Ich weiß auch nicht, warum ich das gemacht habe.« Okay, eigentlich weiß ich es ja schon. Aber ich kann einfach nicht mit der Wahrheit rausrücken.

Phil sieht mich während meines eher mickrigen Erklärungsversuches weiterhin mit ernster Miene an und ich komme mal wieder nicht damit klar, wie gut er aussieht. Seine braunen Haare sind nicht wie sonst gestylt, sondern spiegeln den vollkommen anbetungswürdigen Out-of-bed Look wider. Das offene, rotschwarze Karo Hemd, unter dem sich ein schwarzes Shirt verbirgt, rundet sein Outfit perfekt ab.

»Lass uns später darüber reden. Du kommst jetzt erst einmal mit zu mir!«, teilt mir Phil entschlossen mit.

Überrascht reiße ich meine Augen auf, weil ich mit so einer Ansage nicht gerechnet hätte. Trotzdem nicke ich artig und sehe mich nach Claire um. Da ich sie in den letzten Minuten total ausgeblendet habe und ich sie nirgendwo entdecke, wird mir mulmig zumute.

»CLAAAIREEE ... wo steckst du?«, rufe ich laut aus, erhalte aber keine Antwort. Da mich eine leichte Panik erfasst, schnappe ich mir wieder mein Handy und wähle ihre Nummer. Als sie sofort rangeht, atme ich erleichtert aus, werde aber gleich darauf ziemlich wütend.

»Wo steckst du, verdammt nochmal?!«

»Keine Panik. Ich habe mich auf den Weg nach Hause gemacht, nachdem dein edler Retter zur Stelle war. Ich sitze schon im Taxi. Du musst dir also keine Sorgen machen.« Erleichtert seufze ich auf.

»Du hättest dich aber ruhig kurz zu Wort melden können.

Mir ist das Herz fast in die Hose gerutscht, als du plötzlich nicht mehr da warst!«

»Ist angekommen. Und jetzt beschäftige dich nicht mehr mit mir, sondern mit deinem heißen Typen. Mach's gut, mein Herz.« Und schon hat sie aufgelegt. Entgeistert starre ich auf mein Handy und weiß nicht, ob ich gerade lachen oder heulen soll. Als sich Phil neben mir räuspert, erwache ich aus meiner Starre und sehe ihn entschuldigend an.

»Sorry, das war meine beste Freundin Claire. Wir waren gemeinsam hier. Sie sitzt jetzt aber schon im Taxi und ist auf dem Weg nach Hause.«

Phil nickt nur und begibt sich dann zu seinem Wagen. Mit zitternden Händen folge ich ihm und steige auf der Beifahrerseite ein, nachdem er mir die Tür geöffnet hat. Jetzt sitze ich hier. Völlig überfordert und mit schlechtem Gewissen, weil ich ihm wieder mal zu viele Umstände bereite.

Die Fahrt zu Phils Wohnung verläuft deshalb ziemlich schweigsam ab. Zwar lasse ich meinen Blick immer wieder verstohlen in seine Richtung wandern, traue mich aber nicht, die Stille zu durchbrechen. Als wir an seiner Wohnung ankommen, steigen wir aus und ich sehe etwas verloren zu ihm.

»Du musst mich nicht mit nach oben nehmen. Ich will dir nicht noch mehr Umstände bereiten.«

Phil hebt bei meinen Worten eine Augenbraue und sieht mich mit gerunzelter Stirn an. »Ernsthaft Mia? Du glaubst, ich hol dich *betrunken* mitten in der Nacht ab, nur um dich dann vor meiner Wohnung auszusetzen?«

»So betrunken bin ich doch eigentlich gar nicht mehr«, beginne ich zögerlich, sehe dann aber zu Boden, weil ich mich gerade sehr undankbar benehme. Als ich Phils Seufzen wahrnehme, sehe ich zu ihm hoch und zucke entschuldigend mit den Schultern.

»Lass uns reingehen. Es ist verdammt kalt«, meint Phil und hält mir seine Hand hin. Ohne jegliches Zögern ergreife ich diese und wir machen uns gemeinsam auf den Weg nach oben.

In seiner Wohnung angekommen, sehe ich mich erst einmal etwas befangen um, weil ich nicht weiß, wie ich mich verhalten soll. Es ist zwar schon verdammt spät und die Müdigkeit macht sich jetzt auch bemerkbar, aber die ganze Situation ist so neu für mich, dass ich wahrscheinlich sowieso kein Auge zu bekommen werde. Verunsichert gehe ich auf seine Couch zu, lasse mich darauf nieder und beobachte Phil dabei, wie er mit irgendeinem Gegenstand in der Küche herumhantiert.

»Möchtest du etwas trinken? Viel kann ich dir aber leider nicht anbieten. Ich habe nur Wasser oder Bier hier.«

Ich schüttele nur meinen Kopf, lehne mich zurück und schließe die Augen. »Kein Problem, ich habe gerade sowieso keinen Durst, danke«, lasse ich ihn wissen. Als ich einen Schatten vor mir wahrnehme, öffne ich ein Auge und sehe nach oben.

»Möchtest du mir verraten, was das hier wird?«

»Ich versuche zu schlafen?«

»Auf meiner Couch. Das sehe ich. Aber glaub mir, das ist keine gute Idee!«

Ich richte mich wieder auf und befinde mich so nah vor ihm, dass mir wieder einmal allzu bewusst wird, wie groß er eigentlich ist. Meinen Kopf muss ich etwas in den Nacken legen, um Phil in die Augen sehen zu können und lächle müde.

»Möchtest du mir verraten, warum das keine gute Idee ist? Immerhin ist deine Couch bestimmt bequemer, als der Boden. Und darauf möchte ich heute Nacht nicht schlafen. Rückenschmerzen und Kopfschmerzen wären morgen nämlich der Overkill.«

Phil amüsieren meine Worte anscheinend nicht so sehr wie mich, denn er verzieht keine Miene. »Du kannst natürlich in meinem Bett schlafen. Die Couch hier ist nämlich nicht viel bequemer als der Boden. Glaub mir, ich spreche aus Erfahrung.«

Am liebsten würde ich sofort nachfragen, warum er denn schon mal auf dem Boden gepennt hat. Mein langes Gähnen unterbricht meine Gedanken aber.

»Okay, Dankeschön. Aber du schläfst doch mit mir?«, beginne ich, stocke aber kurz darauf und spreche schnell weiter. »Also ich meine du solltet auch im Bett *schlafen*, immerhin bekommst du heute Nacht sowieso schon so wenig *Schlaf* wegen mir ab.« *Oh Gott, geht's noch peinlicher und zweideutiger?*

Schnell schüttele ich meinen Kopf und hoffe, dass meine Kernaussage, die eigentlich nichts Sexuelles vermitteln sollte, bei Phil ankommt. Dieser grinst mich aber nur amüsiert an und findet meine Aussagen anscheinend doch noch lustig. *Na, immerhin.*

»Wenn es für dich in Ordnung ist, dass wir in einem Bett schlafen, dann ist es das auch für mich.«

Heftig nicke ich und hoffe, dass diese Geste nicht zu übermotiviert rüberkommt. Ich habe nämlich wirklich nicht vor, wie eine wildgewordene *Femme fatal* über ihn herzufallen. Obwohl, meine Libido wäre ehrlicherweise gar nicht so abgeneigt.

»Kann ich noch kurz in dein Badezimmer?«, frage ich nach. Ich sollte mich definitiv noch etwas frisch machen, bevor mich Phil *so* in sein Bett lässt. Phil deutet mit dem Zeigefinger auf eine Tür, neben der Diele.

»Klar, einfach den Flur entlang und dann links. Ich geh schon mal ins Schlafzimmer.«

Dankbar lächle ich ihm zu und begebe mich ins Badezimmer. Die vergangenen Stunden hatten es echt in sich und ich muss jetzt erst einmal tief durchatmen. So wirklich glauben, dass ich jetzt in Phils Bad stehe, kann ich immer noch nicht. Ich stelle mich vor den Spiegel und betrachte mich kritisch. Diese Partynacht hat doch die eine oder andere Spur hinterlassen und ich seufze auf. Die Schminke muss definitiv weg. Ich habe nämlich keine Lust, dass Phil morgen einen Pandabären begrüßen darf.

Mit der rechten Hand pumpe ich mir ein bisschen Seife auf meine Handfläche und verteile die Masse dann auf meinem Gesicht. Hoffentlich werde ich davon keine Pickel bekommen, aber sich nicht abzuschminken ist ein absolutes NO-GO. Als ich damit fertig bin, nehme ich mir eines von Phils Handtüchern und schnuppere daran. Da es nach frisch gewaschener Wäsche riecht, wische ich mir damit über das Gesicht. Als ich aber an mir – beziehungsweise an meiner Kleidung schnuppere, verziehe ich angewidert das Gesicht. An mir haftet ein ekelhafter Zigaretten- und Alkoholgeruch, den ich unbedingt loswerden muss.

Deshalb verlasse ich schnell das Bad und mache mich auf die Suche nach Phils Schlafzimmer. Seine Wohnung ist nicht allzu groß ist, deshalb finde ich es natürlich sofort und klopfe vorsichtig an die Tür.

»Es ist mir zwar ein bisschen unangenehm, aber könntest du mir eventuell ein Shirt von dir leihen?«, frage ich, als ich durch den offenen Türspalt spähe.

Phil winkt mich zu sich und nickt. »Klar, komm rein. Du kannst dich hier umziehen. Ich muss sowieso noch einmal ins Bad.«

Er legt mir ein schwarzes Shirt und eine frische Boxershort auf sein Bett und verlässt den Raum. Eilig schnappe ich mir die Klamotten und ziehe mich um. Ich weiß nicht, warum ich mich gerade so beeile, aber irgendwie habe ich Angst, dass er mich beim Umziehen überraschen könnte. Woher dieses unnötige Schamgefühl kommt, kann mir selbst nicht erklären. Ich drehe mich in die Richtung des Spiegels, der an Phils Wand lehnt und betrachte mich. Ein Grinsen kommt über meine Lippen, weil mir sein Shirt einfach viel zu groß ist. Es riecht aber himmlisch nach ihm und ich überlege jetzt schon, ob ich es morgen einfach heimlich einpacken sollte. Nachdem ich mit meinen Überlegungen fertig bin, gehe ich auf sein Bett zu und frage mich, auf welche Seite ich mich legen soll.

»Du kannst dir eine Seite aussuchen. Ich nehm das nicht so eng.«

Ich zucke zusammen, als ich seine Stimme hinter mir wahrnehme. Als ich mich zu ihm umdrehe, bereue ich es sofort, da er mit nacktem Oberkörper zu seinem Kleiderschrank schlendert und ein Shirt rausholt. Das Spiel seiner Muskeln fasziniert mich so sehr, als er sich das Shirt über den Kopf zieht und ich kann einfach den Blick nicht abwenden, weil ich noch nie etwas Vergleichbares gesehen habe.

Sven war zwar auch sportlich, aber nicht so muskulös wie Phil. Ich schüttele meinen Kopf, weil ich jetzt nicht an diesen Idioten denken möchte und drehe mich wieder in die Richtung des Bettes.

»Also, wenn das so ist, nehme ich bitte die rechte Seite?«

Als Phil mir als Antwort zunickt, umrunde ich langsam das Bett. Entzückt seufze ich auf als ich mich unter die Decke kuschele, weil Phils Bett verdammt gemütlich ist. Als die Matratze unter mir nachgibt und er sich neben mich legt, muss ich erst einmal schlucken. Natürlich bin ich ihm schon sehr nahe gekommen und seine Lippen auf meinen zu spüren, ist der absolute Wahnsinn. Aber das hier ist eine ganz andere Nummer. Unsicher drehe meinen Kopf in seine Richtung. Ich bin verdammt froh, dass Phil nicht die leichte Röte, die sich auf meinen Wangen abzeichnet, erkennen kann. Es ist einfach viel zu dunkel im Zimmer.

»Ich weiß nicht wie oft ich mich schon bei dir bedankt habe, aber Danke«, sage ich leise in die Dunkelheit und halte die Luft an, als er mir federleicht über den Arm streicht. Obwohl diese Berührung keine zwei Sekunden anhält, fühlt sich diese Stelle so an, als hätte er sie gebrandmarkt.

Wie soll ich bloß neben diesem wahrgewordenen Frauentraum einschlafen?

Außerdem könnte mal bitte jemand meiner Libido erklären,

dass sie nicht wegen so einer kleinen Berührung verrückt spielen soll?!

»Ich weiß nicht, was schon wieder in deinem hübschen Köpfchen vorgeht. Aber ich höre, wie es rattert. Lass das sein«, gibt er schmunzelnd von sich und lässt seinen Finger wieder über meinen Arm wandern. Eine leichte Gänsehaut erfasst mich und ich muss schlucken.

»Und was ist, wenn ich das nicht kann?«, erwidere ich leicht atemlos, weil mich diese Berührung total aus dem Konzept bringt.

»Dann helfe ich dir dabei«, flüstert er mir mit rauer Stimme ins Ohr und zieht mich näher zu sich. Ich lasse ihn gewähren und lege meine Hände in seinen Nacken. Es ist ein unbeschreibliches Gefühl, seinen durchtrainierten Körper an meinem zu spüren und ich würde am liebsten sofort auf Erkundungstour gehen. Meine auferlegten Selbstzweifel hindern mich aber leider daran. Als ich Phils unvergleichlichen Duft inhaliere und seine Lippen auf meinem Hals spüre, kann ich mich aber nicht mehr zurückhalten. Meine Finger krallen sich in seine Haare, ich drücke mich näher an ihn und kann ein leises Stöhnen nicht zurückhalten, als ich seine Erektion an meinem Bauch spüre. Langsam lasse ich meine Hand zu seiner stattlichen Wölbung wandern und streiche der Länge nach darüber.

Als ich Phils Knurren wahrnehme und mich ein süßer Schmerz durchfährt, weil er mir ins Ohrläppchen gebissen hat, stöhne ich ebenfalls auf. Unsere Lippen krachen aufeinander und ich öffne bereitwillig meinen Mund für ihn. Ich heiße seine Zunge willkommen und lasse mich auf sein sinnliches Spiel ein. Meine Schenkel öffnen sich dabei automatisch und Phil versteht die unausgesprochene Einladung sofort. Er schiebt sich langsam über mich, darauf bedacht, mich nicht mit seinem Gewicht zu belasten. Forschend lasse ich meine Hände über seinen Rücken wandern und genieße das Gefühl, seine Muskeln unter meinen Fingern zu spüren. Mit meinen Fingern wandere ich zum Saum seines Shirts, ziehe leicht daran und grinse, als sich Phil nicht lange bitten lässt und es sich über seinen Kopf zieht. Atemlos sehe ich auf seine anbetungswürdige Brust und kann nicht glauben, dass er in diesem Moment nur mir gehört.

Als er sich wieder auf mich legt, krallen sich meine Nägel in seinen Rücken. Angetan bäume ich mich leicht auf, als er seine Hände unter meinen Po schiebt und mich noch fester an sich drückt. Ich reibe mich an ihm und spüre, dass ich absolut feucht und bereit für ihn bin. Phil sieht das anscheinend auch so, denn er lässt von mir ab, bedenkt mich mit einem Blick, der mein Herz höherschlagen lässt und fährt dann langsam mit seinen Fingern über den Bund meiner bzw. seiner Boxershorts. Ich beiße auf meine Unterlippe und beobachte jede seiner Bewegungen genau. Als er seine Finger unter den Bund der Shorts schiebt, sieht er zu mir hoch und ich erkenne in seinen Augen die unausgesprochene Frage. Soll er diesen nächsten Schritt wirklich wagen?

Denn danach gibt es definitiv kein Zurück mehr. Leicht nicke ich, hebe mein Becken etwas an und sehe dabei zu, wie er mir seine Shorts langsam von den Beinen schiebt. Von der

Taille abwärts, liege ich nun vollkommen offen und entblößt vor ihm. Nur das schwarze Shirt, welches ich noch trage, gibt mir in diesem Moment ein bisschen Sicherheit.

Meiner Meinung nach, hat er es mir absichtlich noch nicht ausgezogen, weil er wahrscheinlich spürt, dass ich mich in meinem Körper nicht so wohl fühle. Deshalb weiß ich gerade nicht, ob ich mich überhaupt noch mehr in diesen tollen Typen verlieben kann.

Als ich Phils Finger fühle, die sich langsam von meinen Unterschenkeln den Weg zu meiner Mitte bahnen, schließe ich genießerisch die Augen. Sanft streicht er mit den Fingerspitzen über die Innenseiten meiner Oberschenkel und gleitet dann weiter zu meiner intimsten Stelle. Automatisch spreize ich meine Beine dabei etwas weiter und stöhne erregt auf. Phil beugt sich zu meiner heißen Mitte, bläst sanft darauf und ich bin mir gerade nicht sicher, ob ich dieses Intermezzo überleben werde.

»Bitte, Phil«, bettle ich ihn atemlos an und kralle mich ins Laken. Besonders als er diese süße Folter weiter ausdehnt, kann ich mein tiefes Stöhnen nicht zurückhalten. Ganz langsam schiebt er einen seiner Finger in mich und ich genieße das Gefühl dieser köstlichen Dehnung. Als er auch noch mit seiner Zunge über meine Perle leckt und einen zweiten Finger hinzu nimmt, um mich weiter zu stimulieren, stöhne ich die aufgestaute Lust mit voller Lautstärke heraus.

»Fuck, Mia. Du bringst mich um den Verstand«, höre ich weit entfernt Phils Stimme, die ich kaum wahrnehme, da ich mich in einem absoluten Rausch befinde. Ich richte mich etwas auf, ziehe ihn wieder zu mir hoch, küsse sein Kinn entlang und wandere dann zu seinem Ohr.

»Ich will dich, Phil«, hauche ich heiser in sein Ohr und quieke etwas auf, als er sich plötzlich mit mir dreht und ich auf ihm liege. In seinen Augen kann ich die lodernde Begierde erkennen. Sehe aber auch den Wunsch, dass er Alles richtig machen möchte und mir deshalb die Zügel überlässt. Deshalb lasse ich meinen Blick zu seinen Shorts wandern und kann nicht länger warten. Vorsichtig befreie ich seinen absolut perfekten Schwanz aus seinem Gefängnis und lege meine Hand um seinen Schaft. Phils darauffolgendes Stöhnen törnt mich so dermaßen an, dass sich selbst noch feuchter werde.

Niemals hätte ich gedacht, dass mich die Erregung und die Lust eines Mannes so aphrodisieren können, aber bei Phil ist das definitiv der Fall. Fester umschließe ich seinen Schaft, lasse meine Hand immer wieder von unten nach oben gleiten und spüre, wie sein Glied immer weiter anschwillt. Als sich ein kleiner Lusttropfen auf seiner Spitze bildet, lecke ich langsam darüber und grinse, als Phil zu knurren beginnt.

»Verdammt, Mia.« Er packt mich an meinen Oberarmen und zieht mich wieder auf sich. Ich kann seinen zuckenden Schwanz an meinem Eingang spüren und genieße das Prickeln, das dadurch in meiner Mitte entsteht.

»Kondom …«, gebe ich mit erregter Stimme von mir und beobachte, wie er sich zu seinem Nachttisch beugt und eines aus der Schublade angelt. Vorsichtig nehme ich es ihm ab, richte mich leicht auf und reiße die Packung auf. Gemächlich stülpe ich es über seinen Schaft und kann von diesem Anblick gar nicht genug bekommen. Zwar habe ich in meinem Leben noch nicht so viel männliche Geschlechtsteile gesehen, aber Phils steht unangefochten auf dem ersten Platz. Er hat die perfekte Größe und die sich darüber ziehenden Adern erwecken den Wunsch, ihn vollkommen in sich aufzunehmen. Als das Kondom richtig sitzt, platziere ich mich über ihm und lasse mich langsam auf ihm nieder. Genießerisch und überwältigt schließe ich die Augen, weil es sich verdammt gut anfühlt, vollkommen von ihm ausgefüllt zu werden.

»Sie mich an, Mia«, raunt mir Phil mit belegter Stimme ins Ohr und ich öffne meine Augen wieder. Als sich unsere Blicke treffen, bin ich fasziniert von dem Ausdruck, der sich in seinen Augen widerspiegelt. Ich kann nicht anders und lege meine Lippen wieder auf seine. Dieses Mal sanfter und nehme mir ausführlich Zeit diesen Kuss richtig auszukosten. Sachte bewege ich mein Becken auf und ab und stöhne auf, als Phils Spitze immer wieder diesen bestimmten Punkt in mir berührt. Als Phils Bewegungen schneller werden und ich mich seinem Rhythmus anpasse, kann ich mein lauter werdendes Stöhnen nicht zurückhalten.

In vollen Zügen genieße ich es, wie er mich ausfüllt. Nach einiger Zeit packt mich Phil an meinen Hüften und dreht sich wieder mit mir. Ich muss grinsen, weil er anscheinend wieder das Kommando übernehmen möchte. Das macht mir natürlich überhaupt nichts aus, sondern turnt mich nur noch mehr an. Ich lege meine Schenkel um seine Hüften und heiße jeden seiner tiefen Stöße willkommen. Als ich die ersten Vorboten meines Orgasmus spüre, lege ich meinen Kopf in den Nacken. Phils Finger, die zusätzlich noch meine Perle stimulieren, lassen mich über die Klippe springen und ich komme so heftig wie noch nie.

»Oh, Gott ...«, keuche ich auf und heiße diesen Orgasmus und die überwältigenden Gefühle mehr als willkommen. Phil pumpt noch einige Male in mich und kommt dann mit einem so animalischen Knurren, dass sich alle Härchen auf meinem Körper aufstellen. Für einen Moment steht die Zeit still. Wir verharren reglos im Genuss. Es ist unbeschreiblich.

Als sich unsere angespannten Körper wieder entspannen, streicht mir Phil eine Haarsträhne aus dem Gesicht und sieht mir tief in die Augen.

»Weißt du eigentlich, dass du mich fertig machst?«, fragt er atemlos nach. Kichernd schmiege ich mich an ihn, nachdem er sich langsam aus mir entfernt und sich neben mich legt. Bedächtig streiche ich über seine Brust und lasse meine Hand auf der Stelle seines Herzens nieder, an der ich seinen schnellen Herzschlag wahrnehme.

»Und du hast mich für den Rest der Männerwelt verdorben«, gebe ich grinsend von mir und kann nicht fassen, dass ich gerade wirklich mit Phil Sex hatte.

Verdammt guten ... weltverändernden SEX!!!

Phil schmunzelt. »Das tut mir natürlich sehr leid«, antwortet er ironisch und ich boxe ihm gespielt in die Seite. Er grinst mich aber nur weiterhin wissend an, löst sich dann von mir und steht auf, um das Kondom zu entsorgen. Natürlich kann ich meinen Blick nicht von ihm lösen und betrachte seine anbetungswürdige Hinteransicht. Wenn es jemanden gibt, der den perfekten Körper hat, dann ist es definitiv Phil. Seine breiten definierten Schultern harmonieren perfekt mit seiner Mitte und dieser Hintern – so durchtrainiert und ansehnlich. Am liebsten würde ich ihm einen Stempel aufdrücken, mit der Aufschrift „*Finger weg*“. Und natürlich würde ich niemandem mehr das Recht einräumen, in die Nähe davon zu kommen. *Okay Mia, es reicht!*

Ich sollte mich mal lieber wieder auf mich konzentrieren, da ich noch immer entblößt da liege. Naja, eigentlich nur halb entblößt, da ich Phils Shirt immer noch trage. Trotzdem ziehe ich seine Decke etwas höher, damit ich untenrum bedeckt bin. Als mein Blick auf seinen Wecker, der auf seinem Nachttisch steht, hängen bleibt, staune ich nicht schlecht.

3 Uhr 51 – *Wow, schon so spät?*

Dass dieser Mädelsabend so enden könnte, hätte ich mir niemals erträumen lassen. Aber jetzt liege ich hier, völlig befriedigt und lächle diesem unglaublichen Mann zu, der gerade wieder zu mir ins Bett steigt.

»Wenn ich nicht so verdammt müde wäre, würde ich sofort die zweite Runde einleiten. Da ich aber hoffe und davon ausgehe, dass du dich nicht heimlich aus dem Staub machen wirst, haben wir morgen noch genügend Zeit.«

Voller Vorfreude beiße ich auf meine Unterlippe und spüre, wie sich weitere Erregung in mir aufbaut. Als er sich zu mir legt, bette ich meinen Kopf an seiner Brust und inhaliere seinen einmaligen Duft. Phil zieht mich sofort in eine innige Umarmung und ich muss wieder grinsen, weil sich das absolut fantastisch anfühlt.

»Gute Nacht«, flüstere ich leise gegen seine Brust und seufze auf, als er mir einen Kuss auf mein Haar gibt.

»Schlaf schön, Eichhörn …«, will er schmunzelnd von sich geben, aber der leichte Boxhieb gegen seine Rippengegend, hindert ihn daran.

KEINE KONKURRENZ?

Autsch, bitte ausmachen …«, murre ich vor mich hin und vergrabe meinen Kopf im Kissen. Was ist das für ein undefinierbares, ohrenbetäubendes Summen?

Ich bin mir nicht sicher, ob dieses Geräusch von den resultierenden Kopfschmerzen des gestrigen Abends stammt oder ob Phil eine kleine tickende Zeitbombe auf seinem Nachttisch gebunkert hat.

Phil regt sich verschlafen neben mir und tastet nach seinem Handy. »Sorry, ich muss da rangehen«, meint er verschlafen und löst meinen Arm von seiner Brust und steht auf. Ich öffne ein Auge und beobachte, wie er sein Handy nimmt und das Zimmer verlässt. Natürlich schrillen sofort wieder alle Alarmglocken in mir. Was ist, wenn das diese Sarah ist, die mir gestern fast den Abend verdorben hätte?

Naja, eigentlich müsste ich ihr ja danken. Hätte sie mich nicht so angeblafft, würde ich jetzt bestimmt nicht in Phils Bett liegen und auf meine versprochene Portion Guten Morgen Sex warten.

Apropos, wo bleibt er? Er ist jetzt schon seit bestimmt fünf Minuten am Telefonieren. Seine tiefe Stimme kann ich nämlich im angrenzenden Wohnzimmer hören. Am liebsten würde ich mich wie eine neugierige Elster auf die Lauer legen, jedoch bleibe ich einfach liegen und warte.

Kurze Zeit später wird die Tür geöffnet und ein nicht gerade gut gelaunter Phil kommt mit undurchdringlicher Miene herein.

Ich setze mich auf und sehe ihn prüfend an. »Keine guten Nachrichten?«, frage ich vorsichtig nach und bin mir gar nicht so sicher, ob ich die Antwort hören möchte.

Phil seufzt und fährt sich mit einer Hand über sein Gesicht. »Kann man so sagen.«

Okay, da ist wohl jemand nicht sehr gesprächig. Ist er etwa sauer? Wobei er eher besorgt aussieht. Und das lässt mich dann doch etwas alarmiert aufstehen. »Ist irgendwas passiert?«, erkundige ich mich und kann meinen Blick nicht von seinem Körper lösen, als er beginnt, sich anzuziehen.

Ich möchte im Grunde nicht starren, da die Situation gerade doch etwas befremdlich ist, aber ich kann einfach nicht wegsehen. Als er meinen Blick auffängt, legt sich ein wissender Zug um seine Lippen und ich sehe ertappt weg.

»Meinem kleinen Bruder geht's nicht so gut. Er war ja gerade erst im Krankenhaus und muss immer noch Tabletten nehmen. Sarah hat diese anscheinend vertauscht und meine Mutter befürchtet, dass ihm jetzt etwas passieren könnte.« Oh wow, habe ich da gerade wirklich *Sarah* gehört?

»Oh, das tut mir leid. Hast du noch eine Schwester die Sarah heißt?«, frage ich gespielt unwissend nach und hoffe, dass er diese Frage einfach bejahen wird.

Als er seinen Kopf schüttelt, seufze ich innerlich auf. Anscheinend spielt sie doch eine größere Rolle in seinem Leben als gedacht.

»Nein, Sarah kennst du ja schon. Sie passt gelegentlich auf meinen Bruder auf. So habe ich sie auch kennengelernt. Dass sie jetzt so eine Nummer abzieht, ist wieder mal typisch«, äußert er sich kopfschüttelnd und deutet auf sein Handy. »Meine Mutter möchte, dass ich kurz vorbeikomme. Also, wenn das für dich kein Problem ist, würde ich mich gleich auf den Weg machen.«

Schnell schüttele ich meinen Kopf und überlege fieberhaft wo ich meine Klamotten verstreut habe. »Quatsch, überhaupt nicht. Ich zieh mich nur schnell an, dann bin ich auch schon weg.«

Suchend sehe ich mich in Phils Zimmer um und entdecke einen Großteil meiner Kleidung auf einem kleinen Hocker, der neben seinem Schrank steht. Ich steuere darauf zu, beginne mich anzuziehen und spüre Phils Blicke überdeutlich auf meinem Rücken. Deshalb beeile ich mich und streife mir meinen BH und mein Kleid über.

Als ich meinen Slip nicht finden kann, fluche ich leise vor mich hin und sehe ihn entschuldigend an. »Sorry, ich muss mir wohl oder übel deine Boxershorts ausleihen. Du bekommst sie natürlich zurück.« Peinlich berührt, deute ich auf das schwarze Teil, welches ich gerade trage und ziehe mir mein Kleid über die Hüften.

Phil schmunzelt. »Kein Problem. Und damit du nicht glaubst, dass ich mein Versprechen vergessen habe«, sagt er mit leiser Stimme, als er auf mich zukommt. »Aufgehoben ist nicht aufgeschoben.«

Leicht nicke ich und schließe kurz die Augen, als er mit seinem Daumen über meine Unterlippe streicht und mir dann eine Haarsträhne hinter das Ohr schiebt. Diese Geste ist im Grunde total unschuldig, aber ich merke trotzdem, wie sich mein Herzschlag beschleunigt.

Ich drehe mich deshalb schnell zur Seite und gehe ins Wohnzimmer, um meine restlichen Sachen zu holen und wir verlassen kurze Zeit später seine Wohnung.

»Wenn du möchtest, fahre ich dich nach Hause?«, fragt er mich, als wir aus dem Haus treten.

Ich schüttele meinen Kopf. »Nein, danke. Musst du nicht! Mach dich lieber auf den Weg zu deinem Bruder« *Und blas dieser eingebildeten Zicke mal ordentlich den Marsch*, füge ich gedanklich hinzu.

Als mich Phil in seine Arme zieht, inhaliere ich automatisch seinen einzigartigen Duft und ärgere mich, weil ich vergessen habe, sein Shirt einzupacken.

»Dann hoffentlich bis bald«, gebe ich leise von mir und würde ihn am liebsten küssen. Lasse es aber doch sein, da ich mir meine Zähne noch nicht geputzt habe und ich die Befürchtung habe, dass ihn mein doch nicht allzu appetitlicher Atem umhauen könnte.

»Sehr bald, hoffentlich«, raunt er gegen meine Haare und meine Libido vollzieht bei dieser Aussage imaginäre Luftsprünge. Lächelnd löse ich von ihm und winke ihm zum Abschied zu, als er in sein Auto steigt.

Hoffentlich wird sich dieser Vorfall mit seinem kleinen Bruder klären. Genauso hoffe ich, dass er dieser Sarah mal so richtig die Meinung geigen wird. Vielleicht klebt sie dann ja nicht mehr wie ein lästiger Pickel an seiner Backe.

Wünschenswert wäre es auf jeden Fall.

»Na, was habe ich dir gesagt?« Ich grinse vor mich hin, als ich Claires Worten durch den Hörer lausche.

»Ja, du bist die Beste!«

»Danke, das weiß ich schon lange. Aber jetzt schieß doch endlich los. Ich möchte jedes kleinste Detail wissen.«

Typisch Claire. Sobald sie irgendwo News wittert, lässt sie nicht mehr locker.

»Wir hatten Sex. Wirklich richtig guten Sex.«

»Na das hört sich doch toll an. Dann hatte der Zusammenstoß mit dieser komischen Ziege doch was Gutes.«

Ein Schnauben entkommt mir. »Erinnere mich bitte nicht daran. Sie ist der Grund warum ich heute Morgen auf meine versprochene Portion Guten Morgen Sex verzichten musste.«

»Okay?! Möchtest du mir das genauer erklären?«

Ich erzähle ihr die ganze Story und kann mir bildlich vorstellen, wie Claire dasitzt und ihren Kopf schüttelt.

»Die sieht doch schon so aus, als würde sie sich nur für sich selbst interessieren. Ausnahme ist wahrscheinlich nur *dein Phil.*

Ich hoffe mal, dass seine Eltern zur Vernunft kommen werden und diese Trulla nicht mehr in die Nähe des kleinen Jungen lassen werden.«

»Ja, das hoffe ich auch. Vor allem würde ich mich freuen, wenn sie sich nicht mehr in Phils Nähe aufhalten würde. Ich weiß nicht, aber sie ist mir einfach nicht geheuer. Irgendwie fühle ich, dass sie noch sehr viel Ärger machen wird.«

»Weißt du was? Denk einfach nicht so viel über diese doofe Ziege nach. Die ist es nicht wert! Wann triffst du denn deinen Loverboy wieder?«

Bei ihrer Frage muss ich seufzen. »Ich habe keine Ahnung. Ich möchte ihn nicht nerven und werde mich heute mal nicht mehr melden. Ich bin auch ziemlich fertig, deshalb werde ich bald ins Bett gehen.«

Wir telefonieren noch eine Weile und Claire erzählt mir von ihrem Tag. Als ich sie auf ihren mysteriösen Traumtypen anspreche, blockt sie wieder einmal ab und vertröstet mich auf eine spätere Antwort. Da ich wirklich hundemüde bin, nehme ich es so hin und verabschiede mich von ihr.

Weil ich vorhin schon eine ausgiebige Dusche genossen habe, lege ich mich in mein weiches Bett und atme tief durch. Das leichte Grollen in meiner Magengegend versuche ich gekonnt zu ignorieren, da ich heute wirklich nicht viel gegessen habe. Schaden wird es mir auf alle Fälle nicht, wenn ich mal nicht voll gefuttert zu Bett gehe. Ich werde mir in Zukunft sowieso vornehmen, das Abendessen öfter ausfallen zu lassen. *Dinnercanceling* soll ja momentan voll der Renner sein.

Ob Sarah so etwas auch nötig hat? Ich gehe mal nicht davon

aus. So dürr wie die ist, ist sie wahrscheinlich einfach mit guten Genen gesegnet. Oder das Abendessen ist nicht die einzige Mahlzeit, die sie auslässt. Anders kann ich mir ihre magere Statur nicht erklären. Ich drehe mich auf die Seite und würde mich am liebsten selbst anmotzen, weil ich mir schon wieder Gedanken über diese Ziege mache.

Gott sei Dank macht sich aber nach kurzer Zeit der Schlafmangel der letzten Nacht bemerkbar und ich falle in einen unruhigen Schlaf.

»Oh, seht euch mal die Planschkuh da hinten an, die kommt nicht mal dem Ball hinterher.«

Ich höre ihre höhnenden Worte und das Lachen, während sie mit dem Zeigefinger auf mich deuten. Ich weiß jetzt wieder, warum es keine gute Idee war, am Sportunterricht Teil zu nehmen. Ich schließe meine Augen um mich zu sammeln, kann mich aber nicht bewegen, weil sie einfach Recht haben. ALLE. Ich bin zu dick, zu unsportlich und blamiere mich hier vollkommen.

Nur das letzte Fünkchen Selbstbeherrschung gibt mir die Kraft, nicht zusammenzubrechen.

»Vielleicht solltest du nicht so viel Schokolade in dich hineinstopfen, dann würde dir deine Kleidung auch wieder besser passen.« Mona – Diese gehässige Schlange. Sie hat mich schon seit der Grundschule auf dem Radar und es wird immer schlimmer. Sie sieht mit ihren 14 Jahren einfach perfekt aus. Groß, lange Beine, flacher Bauch und ihre Brüste ziehen immer wieder die Aufmerksamkeit der Jungs auf sich. Ich hasse sie!

»Aber Mia, ich gebe dir einen guten Tipp.« Sie kommt auf

mich zu und mustert mich abschätzig von oben bis unten.

»Sperr dich einfach zu Hause ein und komm nicht wieder. Damit tust du uns allen einen großen Gefallen.«

Ich kann die Tränen nicht mehr zurückhalten und stürme aus dem Turnsaal. Ich weiß jetzt schon, dass dieser Vorfall für meinen nächsten Fressanfall verantwortlich sein wird, aber ich kann einfach nicht aus diesem Kreislauf ausbrechen. Ich schaffe es einfach nicht …

Ich schrecke hoch und muss mich erst einmal wieder beruhigen. Mein Herz pocht wie verrückt und ich bin Schweiß gebadet. Es war nur ein Traum, aber trotzdem hat er sich verdammt real angefühlt. Die Erinnerungen an vergangene Jahre versuchen sich wieder an die Oberfläche zu drängen, aber das lasse ich nicht zu.

Mit verbissener Miene sehe ich an mir herab und finde nicht mehr das unsichere, rundliche Mädchen vor, dass sich alles gefallen hat lassen. So bin ich nicht mehr und werde es auch nie wieder sein!

Ich kann stolz auf mich sein, denn ich habe mich von einem selbst hassenden Teenager, zu einer hübschen jungen Frau entwickelt.

Da mich dieser Traum sehr aufgewühlt hat und mein Wecker sowieso bald klingeln wird, entschließe ich mich dazu, aufzustehen und ein bisschen Yoga zu machen. Claire schwärmt mir in letzter Zeit oft davon vor und heute möchte ich es einfach mal ausprobieren. Vielleicht hilft es mir ja dabei, diesen ekelhaften Traum zu vergessen und meine Gedanken wieder frei zu bekommen.

Ich schalte meinen Laptop ein und positioniere mich auf meinem kuscheligen Teppich, der vor meinem Bett liegt. Mit einem Mausklick öffne ich den YouTube Browser, gebe in der Suchleiste "Yoga für Anfänger" ein und scrolle mich durch die Ergebnisse.

Klick, ein Video öffnet sich und eine sympathisch wirkende, braunhaarige Frau lächelt mir entgegen.

Na, hoffentlich wird sie mich nicht gleich so hart rannehmen.

Stolze 15 Minuten halte ich durch, bis ich auf dem Teppich zusammenbreche und wieder zu Atem kommen muss. Eigentlich dachte ich immer, dass Yoga nur zum Entspannen geeignet sei. Aber ich spüre sämtliche Muskeln, von deren Existenz ich bis eben absolut nichts wusste. Trotzdem fühle ich mich ziemlich gelöst, obwohl ich nicht lange durchgehalten habe.

Ich werde Claire fragen, ob sie nicht Lust hat, so einen Kurs mit mir zu besuchen. Da ich ja wirklich nicht gerade sportlich bin, habe ich Angst, dass ich mir etwas verrenken oder sogar brechen könnte, wenn ich das Ganze im Alleingang von zuhause stemme. Mit Anleitung würde ich mich bestimmt nicht so schlecht schlagen und diese Idee. Wow, diese lässt mich plötzlich ziemlich euphorisch werden.

Gleicht heute werde ich Claire von meinem Plan erzählen und bin mir jetzt schon sicher, dass sie Feuer und Flamme dafür sein wird.

Am späten Nachmittag des nächsten Tages, stehe ich in Sportklamotten und mit Yogamatte bewaffnet in einem mit Spiegel verkleideten Raum. Claire ist natürlich mit von der Partie und anscheinend befindet sie sich schon voll in ihrem Element.

Sie vollzieht nämlich die schlimmsten Verrenkungen, die sie als Dehnübungen abtut, die mir aber schon alleine beim Zusehen Schmerzen bereiten. Leider lässt meine Motivation noch zu wünschen übrig, deshalb beobachte die hereinkommenden Mädels, die sich allesamt für diesen Kurs eingetragen haben. Als mein Blick auf eine bestimmte Person fällt, entgleisen meine Gesichtszüge und ich stupse Claire unsanft an.

»Das kann doch nicht ihr Ernst sein?«, gibt Claire missmutig von sich und lenkt so Sarahs Aufmerksamkeit auf uns. Sie mustert uns mit ihrem eingebildeten, herablassenden Augenaufschlag und ich kann meinen Blick nicht von ihrem Outfit abwenden. Sie trägt heute einen besonders engen, lilafarbenen Ganzkörperanzug, welcher ihr aber leider zugegebenermaßen gut steht.

Wie lautet diese spezielle Weisheit? Kleider machen Leute? Vielleicht trifft es auf Sarah zu, aber ihr Charakter bleibt trotzdem hässlich.

Mit einem herablassenden Lächeln kommt sie auf uns zu und baut sich vor uns auf. »Na sieh mal einer an. Wen haben wir denn da!«

Claire stellt sich neben mir in Angriffsposition und ich gehe schon vom Schlimmsten aus. »Hast du dich verlaufen? Das Casting für den Stripclub ist glaube ich im nächsten Raum.«

Nicht nur ich schnappe wegen Claires Aussage hörbar nach Luft, sondern auch ein Großteil der anderen Mädels, deren gesamte Aufmerksamkeit jetzt auf uns gerichtet ist.

Sarah macht einen weiteren gefährlichen Schritt auf uns zu und deutet erbost mit dem Finger auf mich. »Sag deiner Freundin, dass sie den Ball schön flach halten soll. Ansonsten werde ich mit Phil ein ernstes Wörtchen sprechen müssen.«

»Du drohst mir?«, frage ich fassungslos nach.

Was bildet die sich ein? Klar, Claire ist nicht auf den Mund gefallen, aber sie hat es auch einfach nicht anders verdient.

Diese eingebildete Ziege besitzt auch noch die Frechheit höhnisch aufzulachen. »Wieso soll ich dir drohen? Du bist doch keine Konkurrenz«, meint sie aufgesetzt.

Okay, das hat gesessen! »Weißt du was Sarah, mach was du willst!«

Schnaubend wende ich mich von ab und schenke ihr keine weitere Aufmerksamkeit mehr. Da die Tür gerade sowieso geöffnet wird und unsere Trainerin – Pardon unser Trainer – hereinkommt, bin ich sowieso abgelenkt und muss verarbeiten was ich da sehe. Ich hätte mit vielem gerechnet, aber nicht mit so einem Schönling. Anscheinend muss ich meine Weltanschauung über Yoga noch einmal überdenken. Denn dieser gutgebaute Surfertyp, mit den blonden Haaren, die stylisch frisiert sind, passt hier nicht so ganz rein.

Der Trainer stellt sich uns als Ben vor. Er erklärt uns, dass er heute nur als Aushilfe einspringt, wir uns aber keine Sorgen machen sollen, da wir das Ding schon rocken werden. Dem Gekichere der anderen Mädels zufolge, hat er das Eis schon gebrochen und kann sich nach dem Kurs auf zahlreiche zugesteckte Telefonnummern freuen. Ich finde ihn zwar auch sehr ansehnlich, aber er entspricht nicht meinem Typ und meine Gedanken werden sowieso von jemand anderem belagert.

Die Einheit verläuft dann auch ziemlich unkompliziert. Ben hat anscheinend doch ein bisschen mehr Ahnung von Yoga, als er zugegeben möchte. Er zeigt uns jede Übung akkurat vor und ich bin richtig erstaunt, wie gut das bei ihm aussieht. Ich habe mich zwar nicht so graziös geschlagen, weil ich Sarahs bissige Blicke durchgehend auf meinem Rücken gespürt habe, aber der Wille war da.

Als Ben uns zum Abschluss noch einen schönen Abend wünscht, rolle ich meine Matte zusammen und will gerade Claire aus dem Raum folgen, als er mich zurückhält.

»Warte mal kurz. Das ist dein erster Yoga Kurs, oder?«, fragt er interessiert nach und schenkt mir ein sympathisches Lächeln.

Etwas peinlich berührt sehe ich ihn an. »Ähm ja. Ist das so offensichtlich?« Irgendwie ist mir das gerade richtig unangenehm, trotzdem lächle ich ihn an.

Ben schüttelt seinen Kopf. »Nein, du hast dich tapfer geschlagen. War bestimmt nicht so einfach mit jemandem im Rücken, der einen mit den Blicken erdolchen wollte.«

»Das hast du bemerkt?«, frage ich überrascht nach.

»Klar, das war nicht zu übersehen. Lass dich nur nicht unterkriegen. Wie heißt du überhaupt?«

Etwas verlegen streiche ich mir eine Haarsträhne hinter mein Ohr. »Oh sorry, ich bin Mia und danke für den Tipp. Ich werde es mir zu Herzen nehmen.« Eigentlich will ich mich schon abwenden, weil Claire auf mich wartet, aber seine nächste Frage bringt mich ziemlich aus dem Konzept.

»Ich hoffe ich überfalle dich nicht. Aber hast du nicht Lust, etwas trinken zu gehen?«

Überfordert sehe ich ihn an und weiß nicht, was ich antworten soll. Ich möchte ihn natürlich nicht mit einer Absage vor den Kopf stoßen.

»Also, ich weiß nicht so recht …«

»Lass mich raten. Du bist vergeben?« Er bedenkt mich mit diesem wissenden Blick und ich schüttle schnell meinen Kopf.

»Nein, so ist das nicht! Aber es ist ziemlich kompliziert. Sorry.«

»Dafür musst du dich doch nicht entschuldigen. Falls du es dir anders überlegst …« Er holt eine Visitenkarte aus seinem Rucksack und reicht sie mir »… melde dich doch einfach. Ich würde mich freuen.«

Mit einem perfekten Sunnyboy Lächeln auf den Lippen, winkt er mir noch kurz zu, verlässt dann den Raum und ich betrachte skeptisch die Karte, auf der sein Name und eine Nummer abgedruckt ist. Ehrlich gesagt weiß ich nicht so recht, was ich davon halten soll und setze mich Bewegung.

»Du hast wohl mächtig Eindruck hinterlassen, hm?«, fragt mich Claire, als ich aus dem Raum trete und wir gemeinsam das Studio verlassen.

»Frag mich nicht was das gerade war, ich war ziemlich … überrascht.« Ich reiche ihr die Karte und seufze auf, als Claire sie ausführlich studiert.

»Wirst du dich bei ihm melden?«, will sie von mir wissen.

»Spinnst du? Ich habe kein Interesse!«, antworte ich mit einem gewissen Hauch von Fassungslosigkeit in der Stimme. Immerhin weiß Claire, wie ich für Phil empfinde.

»Ich wollte nur nachfragen. Übrigens hat Sarah das ganze Schauspiel mitbekommen. Würde mich nicht wundern, wenn sie damit zu Phil marschiert.«

Na toll, das hat dir gerade noch gefehlt, Mia.

NIE GENUG

Seit über einer Stunde liege ich im Bett und starre mein Handy an. Soll ich mich bei Phil melden? Irgendwie habe ich Angst, dass Sarah bereits volle Arbeit geleistet und ihm von diesem *Vorfall* beim Yoga Kurs in Kenntnis gesetzt hat.

Da es sowieso keinen Sinn macht die ganze Zeit Trübsal zu blasen, überwinde ich mich und wähle seine Nummer. Es ist zwar schon ziemlich spät, trotzdem hoffe ich sehr, dass er rangehen wird.

»Hey.« Nach mehrmaligem klingeln hebt Phil in einem ziemlich reservierten Ton ab. Innerlich seufze ich auf und schließe meine Augen, weil ich mir schon denken kann, was jetzt kommen wird.

»Hey, ich habe dich doch nicht geweckt. Oder?«, versuche ich nicht allzu unsicher zu klingen, weil ich mir ja im Grunde Nichts vorzuwerfen habe. Dennoch ist es ein Scheiß Gefühl, nicht zu wissen, welchen Bullshit Sarah verzapft hat.

»Ich wollte eigentlich gerade schlafen gehen.« Okay, er ist

also ziemlich angepisst!

»Du hast also mit Sarah gesprochen?«

»Ja, sie war vorhin kurz hier.«

»Sie war bei dir?!« Den vorwurfsvollen Unterton kann ich einfach nicht unterdrücken.

»Hör zu, Mia. Ich weiß nicht, was da heute bei diesem Kurs abgelaufen ist. Jetzt gerade bist du aber die Letzte, die sich so anklagend anhören sollte.«

Meine Kinnlade klappt nach unten. Meint er seine Worte gerade wirklich ernst? Ich kann das nicht glauben. Und irgendwie kränkt es mich auch.

»Okay, Stopp. Was hat sie dir erzählt?« frage ich nach und setze mich im Bett auf. Mir wird ziemlich heiß, weil ich immer noch versuche seine Worte zu verarbeiten.

»Sie meinte du hast dich an diesen Trainertypen rangeschmissen und ein Date klar gemacht.«

»Wie bitte?! Sag das nochmal …«, stoße ich fassungslos aus. »Jetzt mal ernsthaft Phil. Du glaubst ihr?«

Die letzten Worte kommen ziemlich enttäuscht über meine Lippen, weil ich nicht damit gerechnet hätte, dass er ihr diese kranke Nummer abkauft.

Phil seufzt bei meinem Worten hörbar in sein Handy. »Verdammt Mia, ich habe keine Ahnung. Sarahs Äußerungen haben mir nach einem beschissenen Tag wirklich den Rest gegeben. Ich weiß nicht mehr, was ich glauben soll.«

»Wow …« Seine Worte treffen mich wirklich hart. »Falls du dir irgendwann auch meine Story anhören möchtest, melde dich. Nicht gleich, weil ich mich gerade ziemlich unfair behandelt fühle. Und damit muss ich erst mal klar kommen. Ich werde jetzt ins Bett gehen. Mach´s gut!«

Zwar höre ich noch sein resignierendes „Mia“, lege aber schnell auf, weil ich mit dem Verlauf dieses Gespräches absolut nicht umgehen kann.

Wie kann er dieser Schnalle mehr glauben als mir? Hat er schon vergessen, dass wir gerade erst eine Nacht zusammen verbracht haben? Weil ich den leisen Verdacht hege, dass er sich nochmal melden könnte, schalte ich mein Handy aus. Momentan bin ich dieser Situation nicht gewachsen und möchte mich einfach nur verkriechen, heulen und mich selbst bemitleiden.

Normalerweise würde ich mir jetzt eine Tafel Schokolade gönnen um dieses stechende Gefühl in meiner Brust zu mildern und zu besänftigen. Diesmal lasse ich mich aber zurück in mein Kissen fallen, lege meinen rechten Arm über meine Augen und bete mein abgespeichertes Mantra runter.

Alles wird wieder gut Mia, alles wird wieder gut...

Drei Tage sind seit diesem unangenehmen Telefonat vergangen und bislang habe ich immer noch nichts von Phil gehört. Ich bin noch zu gekränkt, um den ersten Schritt zu machen. Bin mir aber auch nicht mehr sicher, ob er ihn überhaupt machen wird. Vielleicht vergnügt er sich ja schon längst mit Sarah und macht sich über mich lustig. *Wer weiß ...*

Heute werde ich auf alle Fälle versuchen, nicht an ihn zu denken. Gleich beginnt meine Schicht im Pub und ich freue mich über diese sehr gelegene Ablenkung. Gott sei Dank ist wieder einmal ziemlich viel los. So bleibt auch überhaupt keine Zeit, um irgendeinen Gedanken an ihn zu verschwenden. Ja richtig – verschwenden. In den letzten Tagen hatte ich genügend Zeit, um über alles nachzudenken. Um ehrlich zu sein, habe ich mir durchgehend meinen Kopf zerbrochen, weil ich wie immer die Schuld bei mir gesucht habe. Irgendwann habe ich aber eingesehen, dass es wirklich nicht an mir liegt. Die größte *Schuld* liegt bei dieser falschen Natter. Wie dem auch sei, sollte ihm etwas an mir liegen, wird es sich schon melden.

»Ein Bier, bitte!« reißt mich eine bekannte Stimme aus meinen Gedanken.

»Oh, hey! Dich habe ich ja hier noch nie gesehen.« Überrascht und zaghaft lächle ich Ben an. »Sorry, ich war gerade in Gedanken.«

Er winkt lächelnd ab. »Kein Ding, aber mein Bier hätte ich trotzdem gerne.« Gekonnt zieht einen Barhocker unter dem Tresen hervor und setzt sich lächelnd zu mir an die Bar.

»Sorry, na klar. Kommt sofort.« Blitzschnell organisiere ich ein Bier und reiche es ihm entschuldigend. »Ich bin heute nicht ganz bei der Sache. Tut mir leid.«

Er nimmt das Bier entgegen, trinkt einen Schluck und lässt mich dabei nicht aus den Augen. Schnell widme ich meine Aufmerksamkeit wieder den Gläsern, weil mir sein intensiver Blick nicht ganz behagt.

»Geht's dir gut? Du wirkst ein bisschen gestresst.«

»Soweit ist alles in Ordnung. Momentan habe ich nur wirklich viel Stress. Also in der Uni und so«, erkläre ich einen Tick zu hastig, weil ich nicht das Bedürfnis habe Ben in mein Liebeschaos einzuweihen.

Er sieht mich über den Rand seines Bierglases an. »Verstehe. Hat sich die Geschichte mit deiner Nebenbuhlerin geklärt?«

Ich verziehe mein Gesicht. »Wie man es nimmt. Aber lassen wir dieses Thema lieber«, antworte ich schulterzuckend und wende mich ab, weil sich mehrere Gäste an der Bar einfinden.

Ben behält mich durchgehend im Auge, was zwar nicht unangenehm ist, sich aber trotzdem komisch anfühlt. Er ist wirklich ein hübscher Kerl, der auch ziemlich nett zu sein scheint. Aber ich bin einfach nicht interessiert.

Die Stunden vergehen und Ben verwickelt mich immer wieder in Gespräche. Als ich ihm das fünfte Bier serviere, sehe ich ihn skeptisch an. »Glaubst du nicht, dass du schon genug hast? Ich kann dir auch was anderes bringen. Wasser zum Beispiel.«

Spöttisch hebt er eine Augenbraue und nippt an seinem Bier. »Du arbeitest nicht gerade sehr geschäftsfreundlich, Hübsche.«

»Ich mein ja nur. Denk an meine Worte, wenn dich morgen ein böser Kater heimsuchen wird«, lasse ich ihn grinsend wissen.

»Vielleicht tröstet er mich ja darüber hinweg, dass du nicht mit mir ausgehen möchtest?«

Oho, dieses Gespräch nimmt eine Wendung, die mir gar nicht gefällt.

»Hör zu Ben. Ich …«, starte ich langsam, werde aber von einer Gestalt abgelenkt, die sich hinter Ben aufbaut.

»Was läuft hier gerade?«, unterbricht mich Phil rüde und funkelt uns finster an. Für einen kleinen Moment fühle ich mich wie benommen, da ich nicht glauben kann, dass er wirklich hier ist und sich so benimmt. Als seine Worte, wie auch seine Tonlage bei mir ankommen, werde ich aber umgehend sauer. Das Recht, sich so zu verhalten, hatte er sich ja schließlich verspielt.

»Ich arbeite. Siehst du doch!«, antworte ich deshalb trotzig und mustere ihn einen Moment zu lange.

Er sieht wie immer umwerfend aus, wie er in seinem schwarzen Shirt und den grauen Chinos dasteht. Seine Arme hat er verschränkt und mein Blick wandert über die wohl geformten Armmuskeln, die sich leider absolut gut anfühlen, wenn man darüber streicht. Sein dichtes, braunes Haar hat er aus dem Gesicht gestrichen und es liegt ein ziemlich wütender Zug auf seinen Lippen, den ich nur allzu gern erwidere.

»Wow, dann hatte Sarah also doch recht!«, äußert sich Phil abschätzig und wendet sich kopfschüttelnd ab.

Fassungslos sehe ich ihm hinter her und setze mich in Bewegung. »Ist das dein verdammter Ernst?«, werfe ich ihm an den Kopf, umrunde den Tresen und halte ihn auf, bevor er auf den Ausgang zusteuert. Das uns gerade alle Besucher des Pubs anstarren, ist mir ziemlich egal.

»Ist dir eigentlich bewusst, was du da von dir gibst?«, frage ich mit gekränkten Blick nach und sehe in seine blitzgrünen Augen.

Phil sieht mit wütendem Blick auf mich herab. »Für mich ist das alles ziemlich offensichtlich.«

»Ach ist das so? Und hast du dir bislang die Mühe gemacht, meine Seite anzuhören? Nein, hast du nicht! Denn dann wüsstest du …«

Am liebsten würde ich gerne noch weiter ausholen, aber ich kann nicht. Wir fungieren hier gerade als ausgereifte TV Soap und ich habe wirklich keine Lust, dass ich wegen diesem Kindergarten entlassen werde.

Als sich eine Hand auf Phils Schulter legt, drehen wir uns beide zu der Person, der sie gehört um. Ben ist der Besitzer dieser Hand und ich erstarre kurz. »Ich kann dir nur einen guten Tipp geben, Mann. Lass sie nicht gehen. Sieht doch jeder Blinde, dass sie dich vergöttert. Ich kenne diese Sarah zwar nur aus dem Kurs, aber Mia hat sich mir nicht an den Hals geschmissen. Ich habe sie um ein Date gebeten. Sie hat abgelehnt und jetzt kenne ich ja den Grund.«

Mit geweiteten Augen starre ich Ben an und weiß nicht was ich sagen soll. Phil stimmen seine Worte anscheinend auch nachdenklich, denn er reibt sich mit einer unbeholfenen Geste über den Nacken.

»Vielleicht bis irgendwann mal, Mia. Ich würde mich freuen«, richtet Ben seine letzten Worte an mich und deutet auf die Theke. Mein Blick huscht zum Tresen und ich nicke ihm dankend zu, als ich einen orangefarbenen Schein neben seinem halbvollen Bierglas entdecke.

Als Ben die Bar verlässt, richte ich meinen Blick wieder auf Phil. »Es hat keinen Sinn, wenn wir das hier und jetzt ausdiskutieren. Ich muss mich auch wieder um die Gäste kümmern«, lasse ich ihn wissen und will mich abwenden. Als mich Phil jedoch zu sich zieht, seinen Kopf gefährlich nahe bringt und seine Lippen auf meine legt, keuche ich überrascht auf.

Dieser Kuss überfordert mich gerade so sehr, dass ich nicht in der Lage bin, diesen zu erwidern. Auch der eintretende Applaus der anwesenden Gäste verwirrt mich ebenso, deshalb löse ich mich schnell von ihm.

»Falls du jetzt denkst, dass diese Geschichte mit einem einfachen Kuss gegessen ist, dann hast du dich geirrt. Lass uns ein anderes Mal darüber reden. Ich muss jetzt wirklich weiterarbeiten!«, sage ich und streiche gedankenverloren über meine Lippen.

Phil nickt und tritt einen Schritt beiseite, als sich ein Gast zwischen uns drängt und sich einen Weg zur Theke bahnt. »Okay. Also wenn du reden willst, ruf mich einfach an«, meint er versöhnlich.

Weil ich nicht weiß, wie ich mich verabschieden soll, nicke ich nur leicht und begebe mich wieder hinter den Tresen, um weiter zu arbeiten.

Nachdem mich die letzte Straßenbahn um vier Uhr morgens vor meinem Wohnhaus absetzt, erklimme ich mit schweren Schritten die Stufen zu meiner Wohnung. Der Abend hat sich doch noch in die Länge gezogen, da die letzten trinkfesten Gäste einfach nicht gehen wollten. Anscheinend gibt man als Barfrau den perfekten Kummerkasten ab. Mein Kopf dröhnt jetzt nämlich vor lauter Beziehungsproblemen und den Sorgen

Anderer. Dass ich eigentlich selbst therapiert werden sollte, sieht man mir anscheinend nicht an. Aber nötig wäre es auf alle Fälle.

Da ich meine Füße kaum noch bewegen kann, ziehen sich die letzten Meter zu meiner Wohnung wie Kaugummi. Als ich vor meiner Tür ankomme, stutze ich kurz, weil ein weißer, unscheinbarer Briefumschlag unter meinem Türschlitz hervor blitzt.

Bemerkt habe ich diesen nur, weil mein Blick vor lauter Müdigkeit gegen den Boden gerichtet war. Sonst hätte ich ihn wahrscheinlich erst in meiner Wohnung entdeckt. Langsam ziehe ich den Umschlag unter dem Türschlitz hervor und sehe mich kurz um.

Soll ich diesen Brief hier und jetzt öffnen?

Da ich irgendwie ein ungutes Gefühl habe, schließe ich schnell meine Wohnung auf und gehe mitsamt dem Brief hinein. Zweimal überdrehe ich den Schlüssel der Tür, um sicher zu gehen, dass sie auch wirklich abgeschlossen ist und begebe mich mit müden Schritten ins Wohnzimmer. Nervös setze ich mich auf die Couch, lege den Brief auf meinem Schoß ab und betrachte ihn genauer.

Wer hinterlässt mir so eine anonyme Botschaft?

Ein Name befindet sich nämlich nicht auf dem Brief. Im ersten Moment dachte ich zwar, dass es vielleicht Phil gewesen wäre, aber irgendwie macht das keinen Sinn.

Je länger ich diesen unscheinbaren Umschlag betrachte, desto unwohler wird mir. Vielleicht wäre es das Beste, wenn ich ihn entsorge. Da sich dieses komische Gefühl dann aber wahrscheinlich trotzdem nicht in Luft auflösen wird, schnappe ich mir den Umschlag und öffne ihn vorsichtig. Meine Finger ziehen eine kleine, weiße Karte und ein Bild hervor und mein Atem stockt, als ich das Foto genauer betrachte.

Dass *ich* diese Person bin, die mir da unsicher entgegenblickt, weiß ich. Trotzdem kann ich mich mit dieser Gestalt nicht mehr identifizieren. Das strähnige Haar, welches sich wie ein Vorhang über mein Gesicht legt. Die aufgequollene Statur, die so gar nicht zu einem dreizehn jährigen Mädchen passt. Diese leeren Augen, die von Kummer und Hilflosigkeit geprägt sind. Das ganze *Bild* wirkt ungeheuer erdrückend.

Lange kann ich mir dieses Foto nicht ansehen, da ich mich nicht in diese schlimme Zeit zurückversetzen möchte. Als ich die Karte zur Hand nehme und die wenigen Worte lese, die sich darauf befinden, zieht sich mein Magen schmerzhaft zusammen. In mir wächst das Gefühl, dass ich mich jeden Moment übergeben muss.

Du wirst nie genug sein.

Fünf Wörter die mir die Luft zum Atmen rauben.

Unbemerkt laufen mir Tränen über die Wangen. Selbst wenn ich sie bemerken würde, würde ich sie weder zurückhalten können noch wollen. Nochmal greife ich nach dem Bild und sehe mit Abscheu auf eine Mia, die ich Gott sei Dank nicht mehr verkörpere. Woher diese Person dieses Bild hat, weiß ich nicht. Eigentlich dachte ich, dass ich alle beseitigt hätte. Ich möchte nicht mehr an die Zeit erinnert werden, in der ich mich so sehr selbst gehasst und mich absolut ungeliebt gefühlt habe. Deshalb zerreiße ich das Bild und lasse meinen Tränen freien Lauf. Wieso macht man so was? Ich habe doch niemandem etwas getan?

In meinem Kopf herrscht ein absolutes Gefühlschaos und ich kann keinen klaren Gedanken mehr fassen. Mit der letzten Kraft, die ich noch besitze, richte ich mich auf und gehe ins Badezimmer. Dort angekommen, ziehe ich mich aus, stelle mich unter die Dusche und drehe das kalte Wasser auf. Als mich das kühle Nass trifft, zucke ich nicht mal zusammen. Obwohl die Wasserperlen wie tausend kleine Nadelstiche auf meine Haut herab prasseln, heiße ich dieses Gefühl sogar willkommen. Es nimmt diesen ekelhaften Druck von meiner Brust, der mich wiedermal nach unten ziehen möchte.

Wie lange ich unter der Dusche stehe, weiß ich nicht. Ich weiß auch nicht mehr wie ich ins Bett gekommen bin. Was ich aber weiß ist, dass mich niemand in den nächsten Tagen dort raus bekommen wird.

ÜBERRASCHUNGS-
BESUCH

Satte fünfzehn Stunden schaffe ich es, mein Vorhaben durchzuziehen. Bis es an meiner Tür klingelt. Alle eingehenden Anrufe von Claire und auch von meiner Oma, die sich wirklich selten meldet, habe ich heute ignoriert. Sogar Phil hat mir geschrieben, aber mir fehlt einfach die Kraft, um seine Nachricht zu lesen.

Irgendjemand klingelt jetzt aber schon eine gefühlte Ewigkeit Sturm. Da ich befürchte, dass das erst der harmlose Anfang sein könnte, schleppe ich mich kraftlos in den Flur. Nur einen spaltbreit öffne ich die Tür, um nachzusehen, wer da so einen Terror veranstaltet. Schlage sie aber schnell wieder zu und würde mich am liebsten sofort wieder in mein Bett verkriechen.

»Fuck Mia. Mach doch die Tür auf.« Dass ich gerade wie ein verscheuchtes Reh dastehe und meinen Kopf schüttele, kann Phil natürlich nicht sehen.

Was macht er überhaupt hier? Ich bin nicht darauf vorbereitet, um ihm *so* gegenüber zu treten. Seit gestern Abend habe ich mich weder umgezogen noch geduscht, geschweige denn meine Zähne geputzt. Mein Magen knurrt auch schon sehr lange verräterisch, aber ich werde den Drang, etwas zu essen, nicht nachgeben.

»Bitte Mia, wir machen uns Sorgen.« Ich stutze. Wir?

Wieder öffne ich die Tür einen spaltbreit, darauf bedacht, dass Phil mich nicht sehen kann.

»Wen meinst du mit wir?«, frage ich krächzend nach und hasse meine Stimme für den angeschlagenen Klang. Wundern sollte ich mich darüber aber nicht, da seit gestern Abend kein einziges Wort gesprochen habe.

»Deine Freundin hat mich heute angerufen. Sie macht sich Sorgen, weil du einfach nicht an dein verdammtes Handy gehst. Lässt du mich jetzt bitte rein?«

»Ich … ich kann nicht. Ich bin krank«, versuche ich es mit einer mickrigen Notlüge und will die Tür wieder schließen.

Phils Fuß schiebt sich aber dazwischen und hindert mich daran. »Ist gestern noch irgendetwas passiert, nachdem ich gegangen bin?«, will er besorgt wissen und mein schlechtes Gewissen meldet sich zu Wort. Natürlich weiß ich, dass ich mich gerade total kindisch benehme, aber ich kann einfach nicht anders.

»Ich will nicht darüber reden«, sage ich leise in die Stille und bin mir nicht einmal sicher, ob Phil mich verstanden hat.

Auf der anderen Seite höre ich, wie Phil frustriert die Luft ausbläst. »Vertraust du mir wirklich so wenig?«

In seiner Stimme schwingt auch ein leichter Ton von Enttäuschung mit und als er seinen Fuß langsam wegzieht, ergreift mich eine bisher nicht dagewesene Panik. Er darf jetzt nicht den Rückzug antreten und mich alleine lassen.

»Bitte bleib!«, kommt es schnell über meine Lippen und ich merke, dass wir beide ziemlich überfordert mit dieser Situation sind. Nichtsdestotrotz öffne ich die Tür und sehe beschämt zu Boden. Ich fühle Phils Blicke auf mir, bin aber nicht in der Lage in seine Augen zu sehen. Dafür fühle ich mich gerade zu unwohl in meiner Haut.

»Sag bitte nichts …« Mit einer unsicheren Bewegung öffne ich die Tür etwas weiter und hoffe, dass er die unausgesprochene Einladung annimmt und die Wohnung betritt. Als er sich wirklich in Bewegung setzt, sehe ich zu ihm hoch und gehe ins Wohnzimmer vor. Mit angezogenen Knien setze ich mich auf die Couch und warte, bis Phil den Raum betritt. Als er sich mir gegenüber auf den alten Stuhl setzt, den ich so sehr liebe, schaffe ich es immer noch nicht, in seine Augen zu sehen. In diesem Moment fühle ich mich so schutzlos und ekelhaft wie schon lange nicht mehr und das Alles nur wegen dieses ätzenden Briefes, der unschuldig vor uns auf dem Tisch liegt.

»Phil, ich bin ein mentales Wrack!«

Die Worte kommen so schnell über meine Lippen, dass ich nicht mal in der Lage gewesen wäre, sie zurückzuhalten. Phil zieht scharf die Luft ein und hält dann für einen Moment, nachdenklich das Atmen an. Ich gebe ihm kurz die Zeit, um diese Worte zu verarbeiten.

»Mein ganzes Leben über, habe ich um die Anerkennung von Anderen gebuhlt. Habe mich dafür verbogen, mich verändert und meine Prinzipien vergessen. Ich habe mich nie vollkommen gefühlt. Eher wie jemand, der immer in der zweiten Reihe sitzt und auf seinen großen Moment wartet, der aber niemals kommen wird.«

Da Phil sich zu Wort melden möchte, hebe ich schnell meine Hand und signalisiere ihm so, dass ich noch nicht fertig bin.

»Über den Tod meiner Eltern kann ich nicht sprechen, da der Schmerz einfach noch immer viel zu tief sitzt. Die Zeit danach war die reinste Hölle für mich. Ich hatte niemanden, wirklich niemanden. Meine Großmutter war zwar für mich da, aber sie konnte nicht zu mir durchdringen, weil ich mich total verschlossen habe. Mein einziger Freund war das Essen. Wenn es mir schlecht ging, habe ich durchgehend Dinge in mich hineingestopft, weil es mich beruhigt hat. Es hat mir auch immer kurzzeitig ein Gefühl von Geborgenheit und Ruhe gegeben. Zwar konnte ich mich danach nicht mehr im Spiegel ansehen, weil ich mich einfach nur als fett und ekelhaft empfand, aber es hat mir auch eine Gewisse Sicherheit gegeben, weil es einfach immer da war. Es hat mich getröstet, mich nicht ausgelacht und mich nicht verurteilt. Dass ich mich aber in einem verdammten Teufelskreis befunden habe, habe ich erst viel zu spät bemerkt.«

All meinen Mut nehme ich zusammen und sehe zu Phil hoch. Er sieht mich immer noch mit undefinierbarer, ausdrucksloser Miene an und ich kann es ihm nicht verübeln.

Mit meinem Zeigefinger deute ich auf den Brief, der vor uns am Tisch liegt und schüttele beschämt den Kopf. »Als ich gestern von der Arbeit nach Hause gekommen bin, lag dieser

Brief vor meiner Tür. Du kannst ihn dir ansehen, wenn du möchtest.«

An seinem Blick erkenne ich, dass er mit sich hadert. Wahrscheinlich wird er sich denken, dass ich komplett überreagiere, wenn er die paar Zeilen liest. Mich haben diese Wörter aber in ein tiefes Loch gerissen, aus dem ich alleine nicht mehr herauskommen werde.

Als sich Phil den Briefumschlag nimmt, treffen sich unsere Blicke und ich versuche mich an einem zaghaften Lächeln, scheitere aber kläglich daran. Er starrt den Zettel, auf dem die wenigen Worte stehen, gefühlt eine Ewigkeit an. Bis er den Blick hebt und mich verärgert ansieht.

Ich hätte mit vielem gerechnet. Mit Schock, Bedauern oder eine einfühlsame Geste, aber nicht mit so einem wütenden Gesichtsausdruck.

»Ernsthaft, Mia?« Phil wirft den Zettel achtlos auf den Tisch und rauft sich die Haare. Mit geweiteten Augen sehe ich zu ihm rüber und weiß nicht was ich sagen soll. So aufgebracht habe ich ihn noch nie erlebt.

»Es tut mir leid, wenn du das Gefühl hast, dass ich überreagiere«, sage ich zaghaft und sehe beschämt zu Boden.

Als Phil aufsteht und sich vor mich hinkniet, sehe ich ihm unsicher in die Augen. »Ich bin gerade so verdammt wütend«, äußert er sich und atmet tief durch, bevor er mir eine Haarsträhne aus dem Gesicht streicht. »Auf dich, auf all die beschissenen Dinge, die du schon miterleben musstest und auf diese verschissene Person, die dir das Leben zur Hölle macht.« Er schließt kurz seine Augen, während ich ihn weiterhin mit geweiteten Augen betrachte. »Du hörst mir jetzt gut zu, okay?«

Zaghaft nicke ich und bin mir nicht sicher, ob ich seine nächsten Worte wirklich hören möchte. »Wage es nie wieder an dir zu zweifeln, verstanden? Ich möchte nicht, dass du einer Person, die wahrscheinlich selbst nicht in der Lage ist, ihr Leben auf die Reihe zu bekommen, so viel Macht über dich erteilst. Du bist genug. Für dich, für mich und für alle Menschen die dir etwas bedeuten!«

Wow, hat er das gerade wirklich gesagt? Geschockt und berührt starre ich ihn ungläubig an und nicke. Seine Worte treffen einen Punkt in mir, denn ich schon vor langer Zeit begraben habe. Einzelne Tränen laufen über meine Wangen, weil mich seine Worte so sehr berühren und erschüttern. Auf eine gute Art und Weise. Als ich Phils Lippen an meiner Wange spüre, die sanft meine salzigen Tränen wegküssen, finde ich endlich meine Sprache wieder.

»Es tut mir …«

»Wage es ja nicht, dich zu entschuldigen. Du hast nichts falsch gemacht. Verdammt Mia, ich wusste, dass dich etwas belastet, aber das es so schlimm ist, macht mich wirklich fertig. Ich will dir helfen, auch wenn du meine Hilfe vielleicht gar nicht möchtest. Ich will dir aufzeigen, wie schön und wertvoll du bist und all diese negativen Dinge aus dir vertreiben. Nicht heute, vielleicht auch nicht morgen, aber ich gebe dir das Versprechen, dass ich für dich da bin und wir das gemeinsam durchstehen.«

Absolute Sprachlosigkeit erfasst mich wieder und ich kann einfach nicht glauben, was er da von sich gibt. Noch nie hat sich jemand so für mich eingesetzt und mir aufgezeigt, dass es sich lohnt, zu kämpfen. Diese ekelhafte Last, die mich immer wieder nach unten zu drücken versucht, verabschiedet sich langsam und es kommt sogar ein zartes Lächeln über meine Lippen.

»Danke.« Zu mehr bin ich gerade nicht imstande.

Phil zieht mich in eine innige Umarmung, die ich nur allzu gern erwidere. Sein einmaliger Duft und die Gewissheit, dass er es wirklich ernst zu meinen scheint, lösen alle negativen Gedanken und ich genieße das Gefühl in seinen Armen zu liegen.

»Wage es aber ja nicht, mich zu küssen. Ich habe mich gestern nur mehr ins Bett verkrochen und bin noch nicht dazu gekommen mich zu ...«

Phil unterbricht mich indem er mir einen Finger auf die Lippen legt. »Pssst. Alles gut. Ich kann dich beruhigen. Du stinkst nicht.«

Die Tatsache, dass er mich gerade nicht abstoßend findet, beruhigt mich auch ungemein. »Ich glaube ich sollte mich aber trotzdem lieber Mal unter die Dusche begeben«, eröffne ich ihm lächelnd, löse mich dann von ihm und richte mich auf. »Du kannst natürlich noch bleiben, wenn du möchtest?«, frage ich nach, jedoch schüttelt er seinen Kopf und schenkt mir ein bedauerndes Lächeln.

»Ich würde gerne, aber ich kann leider nicht. Ich habe meiner Mum versprochen, heute auf meinen Bruder aufzupassen. Sie hat irgendeinen wichtigen Termin, aber ich würde dir morgen gerne etwas zeigen. Vorausgesetzt du hast Lust?« *Habe ich Lust? Auf alle Fälle!!*

Zwar spüre ich einen leichten Anflug von Unsicherheit, weil ich nicht der größte Fan von Überraschungen bin, nicke dann aber trotzdem.

Phil steht auf und zieht mich in seine Arme. »Du musst dir auch keine Sorgen machen. Ich würde dir gerne einen Ort zeigen, der mir in meiner Kindheit sehr viel bedeutet hat. Weit abgeschieden und Menschen verirren sich eher selten dorthin. Pack am besten auch ein bisschen Kleidung ein, könnte sein, dass wir dort übernachten werden.«

Bei seinen letzten Worten steigt mein Puls in die Höhe und meine Wangen röten sich leicht. Wieder nicke ich artig und dieses Mal kommt sogar ein Lächeln über meine Lippen, das auch meine Augen erreicht.

»Okay. Dann freue ich mich auf morgen«, teile ich ihm wahrheitsgemäß mit. Ich begleite ihn noch zur Tür und schließe sie langsam, nachdem er meine Wohnung verlassen hat.

Es ist erstaunlich, wie schnell sich das beklemmende Gefühl in meiner Brust verabschiedet hat und ich mich seit gestern das erst Mal wieder so richtig lebendig fühle. Deshalb gehe ich wieder zurück ins Wohnzimmer, nehme den Brief in die Hand, betrachte ihn noch einmal kurz und reiße ihn daraufhin in tausend kleine Stücke. Diese Geste fühlt sich wie ein absoluter Befreiungsschlag an und ich werde mir Phils Worte zu Herzen nehmen und dieser Person, wer auch immer das sein mag, keinen Platz in meinem Leben einräumen.

Am nächsten Morgen wartet Phil pünktlich um neun vor meiner Tür. Er hat mich gestern Abend noch über die Uhrzeit informiert und mir ein paar Dinge aufgezählt, die ich einpacken sollte.

Im Rucksack, der schon im Flur parat steht, befinden sich Wechselklamotten, ein Schlafsack und eine Taschenlampe. Um den Rest hat sich Phil gekümmert, hat er mir zumindest versichert.

Verdammt, ich bin echt schon richtig nervös. Natürlich habe ich mir wieder den Kopf zerbrochen, wohin er mich *entführen* könnte, tappe aber immer noch völlig im Dunkeln. Meine Laune und mein genereller Gemütszustand hat sich seit gestern auch schon sehr gebessert, was unter anderem auch an dem Rundumwohlfühlprogramm liegt, dass ich mir gestern Abend noch gegönnt habe.

Im lässigen Hoody und enger Jeanshose öffne ich meine Tür und stehe einem schief grinsenden Phil gegenüber. Er trägt wie so oft eines seiner lässigen Karohemden und eine ausgewaschene Blue Jeans, in denen er wie immer göttlich aussieht. Wahrscheinlich werde ich wirklich nie darüber hinwegkommen, wie gut er aussieht, werde aber auch nicht mehr hinterfragen, warum er sich für mich interessiert.

»So lächelnd gefällst du mir auf alle Fälle schon viel besser.« Phil zieht mich in seine Arme und ich küsse ihn zärtlich auf die Wange. »Ich hoffe du bist bereit, für ein kleines Abenteuer?«, will er von mir wissen.

Grinsend nicke ich, ziehe mir schnell meine Turnschuhe und eine Jacke über und hänge mir den Rucksack über meine Schulter. »Ich bin bereit. Es kann losgehen!«

Phil führt mich zu seinem Wagen und wir verlassen die Stadt. Wir fahren eine Zeit lang eine nicht sehr befahrene Landstraße entlang, bis er auf einen ungekennzeichneten Waldweg abbiegt. Der Weg, den wir gerade entlangfahren, ist ziemlich uneben und dicht bewachsen, weshalb wir nur langsam voran kommen. Mir gefällt die Atmosphäre hier aber schon sehr. Es ist alles so ruhig und abgeschieden und als ich mein Fenster öffne, höre ich sogar einige Vögel zwitschern.

Als wir an einer kleinen, schnuckeligen Hütte anhalten, sehe ich mich neugierig um.

»Da sind wir. Die Hütte gehört meinem Großvater und ich glaube es gibt keinen besseren Zeitpunkt für eine kleine Auszeit als jetzt.« *Da könnte er definitiv recht haben!*

Wir steigen aus und ich betrachte das kleine Häuschen genauer. Es ist zwar schon etwas in die Jahre gekommen, trotzdem sieht man, dass es in den letzten Jahren nicht vernachlässigt wurde. Das Holz ist an manchen Stellen schon etwas ausgebleicht, aber die Fensterrahmen erstrahlen in einem satten Grün und das Dach scheint auch neu gemacht worden zu sein. Vorsichtig gehe ich den verwachsenen Weg entlang und bleibe vor der Holztür stehen. Mit meinem Zeigefinger fahre ich die wunderschönen geschnitzten Blumenornamente nach. Sie verleihen der Tür einen geradezu magischen Charme.

»Wow, diese Hütte könnte aus einem Märchen entsprungen sein«, gebe ich begeistert von mir und ernte von Phil ein offenes Lächeln.

An dem glänzenden Ausdruck in seinen Augen erkenne ich, dass er es bestimmt ähnlich sieht. »Mein Großvater hat diese

Hütte mit seinen eigenen Händen gebaut. Als ich klein war, haben wir hier viele Stunden zusammen verbracht. Deswegen bedeutet mir dieser Ort auch wirklich viel.«

Phil schließt die Holztür mit einem großen Schlüssel auf und geht schon mal vor in das Innere der Hütte. Ich jedoch bleibe noch einen kleinen Moment stehen, da ich diese magische Aura auf mich wirken lassen möchte und mich seine Worte ehrlich gesagt auch nicht kalt lassen. Dass er mit mir diesen doch sehr intimen Ort, der voller Erinnerungen steckt, teilt, bedeutet mir sehr viel. Um nicht zu emotional zu werden, folge ich Phil kurze Zeit und bin sprachlos.

Eigentlich hätte ich mit einer alten, maroden Einrichtung gerechnet, aber hier erstrahlt alles in gemütlichem Eichenholz und hellen Farben. Der Raum ist zwar überschaubar, aber sehr gut aufgeteilt. Auf der linken Seite befindet sich eine kleine helle Kochnische, die dazu einlädt, sich gemeinsam an den Herd zu stellen. In der Mitte des Raumes, findet man einen weißen, runden Tisch um den vier Stühle platziert sind. Es steht sogar ein frischer Blumenstrauß darauf. Bestehend aus Veilchen und orangefarbenen Tulpen. Verwundert sehe ich zu Phil. Dieser zuckt aber nur grinsend mit den Schultern.

Weiter hinten im Raum erstreckt sich eine langgezogene weiße Wand, an der viele verschiedene Bilderrahmen hängen. Und davor steht eine große, braune Schlafcouch, die wirklich sehr gemütlich aussieht. Ein kleiner Holzofen, neben der Couch rundet das ganze Bild perfekt ab.

»Wow, damit habe ich ehrlich gesagt nicht gerechnet«, gebe ich begeistert von mir.

»Ich habe die Hütte erst vor zwei Jahren renovieren lassen. Jetzt lässt es sich hier wirklich gut aushalten.«

»Du warst das?«, frage ich überrascht nach und lasse meinen Blick noch einmal umherschweifen.

Phil nickt und öffnet eines der Fenster, um kurz durchzulüften. »Als mein Opa vor drei Jahren verstarb, wollte ich diesen Ort nicht in Vergessenheit geraten lassen«, erklärt er mir mit einem leichten Hauch von Melancholie in der Stimme.

Ich muss bei seinen Worten schlucken. »Ich bin mir sicher, er wäre ziemlich stolz auf dich gewesen.«

Ein dicker Klos bildet sich in meinem Hals, als mir bewusst wird, dass meine Eltern wahrscheinlich nicht gerade die stolzesten Eltern wären.

»Hey, hier wird nicht gegrübelt«, ermahnt mich Phil liebevoll. Ich bemerke ihn erst, als er sich nahe vor mir aufbaut. Er mustert mich wieder mit diesem intensiven Blick, bei dem mir ganz warm wird. Mein Blick huscht dabei automatisch auf seine Lippen und ich würde sie jetzt allzu gerne auf meinen spüren.

»Später, versprochen!«, raunt mir Phil ins Ohr. »Wir müssen jetzt noch so einiges vorbereiten.« Er macht einen Schritt nach hinten und deutet auf die Tür. »Ich werde noch schnell die restlichen Sachen aus dem Auto holen und du kannst dich ja in der Zwischenzeit noch ein bisschen umsehen. Lass die Jacke aber noch an, wir müssen gleich noch in den Wald, um Brennholz zu suchen.«

Dass ich darauf eigentlich gar keine Lust habe, sondern ihm vielmehr die Kleider vom Leib reisen möchte, erwähne ich jetzt lieber nicht. Trotzdem halte ich meinen ausgestreckten, nach oben deutenden Daumen in seine Richtung.

Na, das kann ja lustig werden …

LOVE ME, BABY

»Verdammt, ist mir heiß …«, keuche ich vor mich hin, als wir immer noch auf der Suche nach Brennholz sind. Obwohl die Sonne schon längst untergegangen ist und mich eine kühle Abendbrise umweht, kann ich immer noch den leichten Schweiß auf meiner Haut spüren. Niemals hätte ich gedacht, dass es so anstrengend sein könnte, ein paar lächerliche Äste zu suchen. *Tja, so falsch kann man liegen …*

Phil hingegen stapelt die Äste so gekonnt auf seinen kräftigen Armen, dass es ihm überhaupt keine Mühe zu machen scheint. »Ich glaub wir haben genug. Lass uns zurückgehen«, verkündet er nach einiger Zeit.

Innerlich juble ich auf und drehe mich mitsamt den Ästen in die Richtung, aus der wir gekommen sind. Es ist gar nicht so einfach die Balance zu halten, mit dem ganzen Wirrwarr, dass ich auf meinen Armen herum balanciere.

Wir kommen heil an der Hütte an und ich atme erleichtert auf, weil ich mir weder den Fuß verstaucht habe noch an irgendeiner Wurzel hängen geblieben bin. Nachdem wir – besser gesagt Phil, das gefundene Gut ordnungsgemäß zerkleinert hat, kümmert er sich um das Feuer und hantiert am Ofen herum. Währenddessen räume ich den mitgebrachten Picknickkorb aus und staune nicht schlecht, als ich all die leckeren Sachen entdecke, die er eingepackt hat.

Phil hat wirklich an Alles gedacht. Frisches Brot mit verschiedenen Aufstrichen, Gemüsesticks, leckere Crostinis, sowie Weintrauben und Erdbeeren. Mein Magen beginnt bei all diesen Köstlichkeiten zu knurren, was ich ihm wirklich nicht verübeln kann. In der letzten Zeit habe ich wirklich nicht viel gegessen und das sieht man mir auch so langsam an. Meine Hosen sitzen ziemlich locker, was mich natürlich insgeheim freut, aber das diese *Hungerei* nicht gesund sein kann, ist mir natürlich auch bewusst. Heute möchte ich aber keinen Gedanken daran verlieren und die Zeit mit Phil einfach genießen.

»Perfekt! Dankeschön.« Als sich Phils Hände von hinten um meine Hüfte legen und er mir über die Schulter sieht, zucke ich grinsend zusammen.

»Ich bin die, die zu danken hat. Können wir jetzt endlich essen? Ich sterbe gleich vor Hunger.«

»Na, klar doch ...«, haucht er mit seiner tiefen Stimme als Antwort in mein Ohr. Gleichzeitig geben mich seine Hände wieder frei, wobei er mit den Fingerspitzen fast berührungslos über meinen Hintern streicht. Obwohl diese kleine Berührung fast nicht zu spüren ist, löst es ein angenehmes Kribbeln in mir aus.

Einen kleinen Moment später setzen wir uns mit den ganzen

Leckereien auf den Teppich, der vor dem Ofen liegt und ich kann gar nicht in Worte fassen, wie sehr ich diesen Moment genieße. Ziemlich schweigsam essen wir vor uns hin, jeder seinen eigenen Gedanken verfolgend, was uns aber beide nicht wirklich stört.

Als ich nicht mehr in der Lage bin, weiter zu essen, lehne ich mich mit dem Rücken an das Schlafsofa und seufze zufrieden auf. »Das war verdammt lecker. Ich weiß zwar immer noch nicht, womit ich das verdient habe, aber du bist mein Retter in der Not.«

Jedes dieser Worte meine ich verdammt ernst und bin mir auch ziemlich sicher, dass Phil meine Botschaft versteht. Ich wüsste nämlich wirklich nicht, was ich ohne ihn machen würde und hoffe, dass ich ihm all das und noch viel mehr irgendwann zurückgeben kann.

Phil legt seinen leeren Teller weg und streckt mir seinen Arm entgegen. »Komm mal her«, fordert er mich daraufhin auf und ich folge seiner Aufforderung nur allzu gerne und lege meine Hand in seine.

Seit wir die Hütte betreten haben, liegt dieses gewisse Knistern in der Luft und ich hoffe, dass sich diese Spannung gleich entladen wird.

»Ich kann einfach an nichts anderes mehr denken, als dich nackt unter mir stöhnen zu hören«, offenbart mir Phil und ich muss schlucken. Mit einer gekonnten Bewegung zieht er mich auf seinen Schoß und sieht mir dabei tief in die Augen.

Erwartungsvoll lege ich meine Arme um seinen Nacken und beuge mich langsam zu seinem Ohr. »Ich werde dich nicht daran hindern …«

Phils knurrende Antwort gibt mir den Rest und ich weiß jetzt schon, dass ich absolut bereit für ihn bin.

»Fuck, ich will dich so sehr.«

Mit diesen Worten presst er seine Lippen auf meine und ich heiße diesen aggressiven, hungrigen Kuss mehr als Willkommen. Unsere Zungen umspielen sich dabei unnachgiebig und wir verfallen in einen heißen Rhythmus aus Lust und Verlangen. Phil kann es anscheinend nicht mehr länger erwarten, denn der zieht mir meinen Hoody mit einer schnellen Bewegung über den Kopf.

Jetzt sitze ich im schwarzen Spitzen BH auf ihm und würde am liebsten meine Hände schützend um meinen Bauch legen, weil ich mich so unsicher fühle. Phil bemerkt dieses Aufkommen von leichter Unsicherheit, drückt mich wieder an sich und hebt mich auf das Schlafsofa. Voller Verlangen beugt er sich über mich und sieht mich mit einem so intensiven und hungrigen Blick an, dass sich diese Selbstzweifel normalerweise sofort in Luft auflösen müssten.

»Dein Körper ist absolut anbetungswürdig«, lässt er mich wissen und um seine Worte zu unterstreichen, fährt er langsam die Konturen meines Bauches nach und haucht sanfte Küsse darauf. »Ich liebe jede einzelne Rundung an dir und du weißt gar nicht, wie scharf ich gerade auf dich bin. Denk bitte nicht so viel nach und genieße das hier einfach, okay?« Zaghaft nicke ich und werde mir alle Mühe geben, meinen verdammten Kopf auszuschalten.

Da ich mich nicht so alleine, beim halbnackt sein, fühlen möchte, schiebe ich meine Hände auf seine Schultern und streife sein Hemd ab. Sein Muskelshirt folgt kurz darauf und ich kann meinen Blick nicht von seinem Astralkörper lösen. Aufgeregt lasse ich meine Hände über seine Bauchmuskeln wandern und erkunde dann den Weg weiter zu seinem Gürtel. Unter Phils wachsamem Blick öffne ich ihn langsam. Mit ein paar ruhigen Bewegungen hilft er mir dabei ihn von seiner Hose samt seiner Shorts zu entledigen.

Dass er wirklich scharf auf mich ist, zeigt mir sein emporragendes Glied. Erneut bewundere ich dessen stattliche Größe als ich beide Hände um seinen Schaft lege. Vorsichtig beginne ich ihn zu massieren. Zuerst sanft, werde dann aber immer schneller.

Phil quittiert mein Handeln mit einem langgezogenen Stöhnen. Als er mich wieder stürmisch zu küssen beginnt, lasse ich von ihm ab und erwidere den Kuss mit derselben Intensität. Ungeduldig schiebt er seine Hände unter meinen Rücken und öffnet gekonnt den Verschluss meines BHs. Als er mir meine Träger langsam über die Schultern streift, stellen sich meine Brustwarzen automatisch auf und ich hoffe, dass Phil ihnen seine ungeteilte Aufmerksamkeit zuteil kommen lassen wird. Nachdem er den BH einfach achtlos hinter sich geschmissen hat, legt er mit glänzendem Ausdruck in den Augen seine Hände um meine vollen Brüste und beginnt sie fast ehrfürchtig zu massieren.

»Fuck, du bist absolut perfekt.«

Und schon umschließt er meine rechte Brustwarze mit seinem göttlichen Mund. Voller Wonne schließe ich meine Augen und genieße seine Liebkosungen. Mit der richtigen Intensität beißt er in meinen Nippel und ich bäume mich stöhnend auf. Ich grabe meine Hände in seine Haare, ziehe ihn wieder hoch zu mir und lecke über seine Unterlippe. Phil packt mich währenddessen an den Hüften, zieht an meinem String, zerreißt ihn gekonnt, streift mir den restlichen Stoff ab und wirft ihn dann ebenso achtlos hinter sich, wie den BH zuvor. Ein Keuchen entfährt meinen Lippen, weil ich damit überhaupt nicht gerechnet hätte, aber jetzt trennt uns wenigstens keine einzige Barriere mehr. Mit einem verruchten Augenaufschlag lege ich einen meiner Oberschenkel um seine Hüfte und grinse ihn willig an.

An seinem gierigen Blick erkenne ich sofort, dass er mich am liebsten sofort einnehmen würde, sich aber mir zuliebe zurückhält. Als ich seine pralle Spitze an meinem feuchten Eingang zucken spüre, schließe ich genießerisch die Augen und beiße auf meine Unterlippe.

»Nimmst du die Pille?«, höre ich Phil atemlos fragen und ich nicke nur. Zum Sprechen bin ich nicht mehr in der Lage. Keine zwei Sekunden später dringt er mit einem festen Stoß in mich ein und wir stöhnen gleichzeitig auf. Phil packt meinen zweiten Schenkel und legt ihn ebenso um seine Hüfte und wir verfallen in ein schnelles, aber gleichmäßiges Lustspiel, aus dem ich nicht mehr erwachen möchte. Jeder seiner Stöße bringt mich fast um den Verstand und mir entfährt immer wieder ein leises Wimmern, als er diesen speziellen Punkt in mir trifft. Da sich die ersten Vorboten meines Höhepunktes schon anbahnen, drücke ich mich noch enger an ihn und genieße es, wie er von mir zunehmend Besitz ergreift. Phil geht dieses Mal wilder ran, als beim ersten Mal. Die Bewegungen sind nicht ganz so ausladend, dafür fester. Es ist genau das was ich jetzt brauche. Genau das, was ich hier und jetzt von ihm will.

Erregt kralle ich meine Hände in seinen Rücken, überstrecke meinen Kopf und schließe meine Augen, weil sich seine Stöße so verdammt gut anfühlen.

»Lass los und komm für mich, Mia«, raunt mir Phil atemlos ins Ohr. Als er seinen Daumen auf meine Perle drückt und sie zusätzlich zu stimulieren beginnt, kann ich meinen Orgasmus nicht mehr zurückhalten. Er erfasst mich so, ist so intensiv, dass alles um mich herum verschwimmt und ich zuerst gar nicht bemerke, dass sich Phil kurze Zeit später mit einem animalischen Knurren in mir entlädt.

Stille. Regungslosigkeit. Genuss. Nur Pulsieren und gelegentliches Zittern. In Vereinigung. Ja, in vereinigter Zweisamkeit. Der absolute Wahnsinn …

Atemlos liege ich da und versuche die vergangenen Minuten zu verarbeiten. Als sich Phil aus mir zurückziehen möchte, lege ich meine Hand auf seinen durchtrainierten Hintern und lächle befriedigt.

»Nicht – bleib. Du fühlst dich so verdammt gut in mir an.«

»Du machst mich fertig. Weißt du das eigentlich?«, fragt mich Phil lächelnd.

Sanft streiche ich ihm eine Haarsträhne aus dem Gesicht und lächele kokett. »Dafür bin ich leider bekannt. Ich hoffe du kannst damit umgehen?«

Dass sein Penis plötzlich in mir zu zucken beginnt und Phil verschmitzt mit seinen Augenbrauen wackelt, sollte wohl

Antwort genug sein. »Klar, ich kann damit sehr gut umgehen. Und du glaubst wohl nicht, dass ich dich nochmal gehen lassen werde, oder?«

Oh, wow! Mit so einer Ansage hätte ich ehrlich gesagt nicht gerechnet.

Ich versuche die altbekannten Zweifel runter zu schlucken und streiche gedankenverloren über seine Brust. »Und was ist, wenn ich nicht genug bin?«, sage ich kaum hörbar vor mich hin und seufze auf.

Phil legt eine seiner Hände an meine Wange und sieht mich prüfend an. »Ich würde wirklich gerne verstehen, warum du dich selbst so schlecht machst. Sieh dich doch mal an. Du verkörperst so viel. Deine Ausstrahlung ist der Hammer und wie du gemerkt hast, bringt mich dein Körper ziemlich um den Verstand. Ich würde am liebsten schon wieder über dich herfallen, aber ich gönne dir jetzt lieber eine kleine Pause«, gibt er schmunzelnd von sich und ich quittiere seine Aussage mit einem vielsagenden Grinsen. »Ohne Witz, Mia. Ich vergöttere dich wie noch nie jemandem zuvor. Du bist einfach so anders, so speziell und genau das gefällt mir an dir. Verbiege dich bitte nicht und bleib so wie du bist.« Phil streicht mir mit seinem Daumen über den Brustansatz, und lässt seine Finger hinunter zu meinem Bauch wandern.

»Du hast abgenommen, oder?«, will er von mir wissen und ich nicke vorsichtig. Dass ich das eigentlich nur gemacht habe, damit ich besser zu ihm passe, verrate ich lieber nicht.

»Ich höre wieder, wie es in deinem hübschen Köpfchen arbeitet. Aber lass mich dir eines sagen: Ich mag – nein ich verzehre mich nach jeder einzelnen Rundung an deinem Körper und du bist absolut perfekt. Wenn du dich selbst nicht wohlfühlst, dann ist eine Abnahme natürlich in Ordnung, aber quäle dich für niemanden, verstanden? Mir gefällst du so wie du bist.«

Seine Worte berühren mich so sehr, dass nur ein piepsiges „*Okay*“ über meine Lippen kommt. Da mich aber auch ein anderes Thema noch immer beschäftigt und mich die Sache mit Sarah einfach nicht loslässt, nehme ich all meinen Mut zusammen und frage nach. »Was ist jetzt eigentlich mit Sarah? Ich weiß, dass du anscheinend nichts von ihr willst. Sie sieht das aber anders. Zumindest hat sie mir das schon des Öfteren zu spüren gegeben.«

Jetzt ist es endlich raus und ich bin froh, dass ich dieses *lästige* Thema angesprochen habe.

Phil sieht mich aber nur verständnislos an und hebt eine Augenbraue. »Ich kann dir irgendwie nicht folgen …«

»Es sieht doch jeder Blinder, dass sie in dich verschossen ist. Ich glaube ihr wäre jedes Mittel recht, um an ihr Ziel zu gelangen.«

Phil seufzt leicht auf und sieht mich mit ernstem Blick an. »Eigentlich habe ich Sarah schon vor langer Zeit klar gemacht, dass ich kein Interesse habe. Wie du bemerkt hast, kann sie sehr energisch und hartnäckig sein. Normalerweise müsste sie es nach unserem letzten Gespräch verstanden haben.«

Ich horche auf und will unbedingt wissen, wann dieses Gespräch stattgefunden hat.

»Oh, okay. Und wann war dieses Gespräch?«

»Gestern. Bevor ich in die Bar gekommen bin.«

Entgeistert sehe ich ihn an und bin mir jetzt ziemlich sicher, dass ich den Schuldigen, für die dumme Aktion mit dem Brief gefunden habe.

»Verstehe … ich glaube, ich weiß jetzt, wer mir diesen Brief vor die Türe gelegt hat.«

»Du glaubst es war Sarah?«, fragt Phil überrascht nach.

Ich nicke überzeugt. »Sie hasst mich seit unserem ersten Zusammentreffen an der Uni, als ich dich unabsichtlich angerempelt habe. Seitdem schießt sie durchgehend ihre Giftpfeile in meine Richtung und gibt mir zu verstehen, dass ich nicht gut genug für dich bin.«

Die letzten Worte kommen wiedermal zaghaft über meine Lippen, weil sie mich doch irgendwie noch treffen.

Phil sieht mich die ganze Zeit nachdenklich an und schüttelt dann seinen Kopf. »Fuck, das wusste ich nicht. Ich werde ihr zu verstehen geben, dass sie sich von dir fernhalten soll. Ansonsten wird sie richtige Probleme bekommen.«

Ich lächle über seine Worte und drücke ihm einen sanften Kuss auf die Lippen. »Danke, aber das musst du nicht. Ich werde schon irgendwie fertig werden mit ihr.«

»Niemand hat das Recht mit meiner Freundin so umzugehen. Erst recht nicht Sarah.«

Oh mein Gott, was hat er gerade gesagt?

Sprachlos sehe ich ihn an und weiß nicht was ich sagen soll.

»Wiederhole das noch einmal …«, bitte ich ihn atemlos.

»Sie soll dich in Ruhe lassen?«, fragt er sichtlich irritiert nach und ich schüttle energisch meinen Kopf. »Nein, das mein ich nicht. Das andere …«

Phil beginnt zu grinsen. »Ah, das meinst du.«

Er zieht mich wieder näher an sich, streicht mit seinem Daumen die Linie meines Kiefers entlang und mustert mich schmunzelnd. »Ich dachte wir hätten das schon geklärt?«

Mein Herz klopft in so einem schnellen Tempo, dass ich das Gefühl habe, dass es mir gleich aus der Brust springen könnte. »Ich würde es nur gerne offiziell aus deinem Mund hören«, sage ich leise vor mich hin, während Phil beginnt meinen Mundwinkel zu küssen.

»Ich wäre verdammt glücklich, wenn ich dich ab jetzt als meine Freundin bezeichnen dürfte.«

Mir wird heiß, verdammt heiß. Wahrscheinlich ist Phil nicht bewusst, wie viel mir diese Worte bedeuten. Deshalb drücke ich meine Lippen voller Emotionen auf seine und lege all meine Gefühle in diesen Kuss. Ich hoffe, dass ihm das als Antwort genügen wird. Denn ja, verdammt – ich will seine Freundin sein.

Als er sich von mir löst, funkelt mich Phil vergnügt an. »Wow, das nenn ich mal ein Statement.«

Dass ihn dieser Kuss nicht kalt gelassen hat, spüre ich an seinem immer härter werdenden Geschlecht, welches sich immer noch in mir befindet.

»Hmm. Ich glaube ich habe da noch etwas in Petto«, sage ich verschmitzt und genieße den Ausdruck in seinen Augen, als ich meine inneren Muskeln anspanne und sein Schwanz in mir zu zucken beginnt.

»Du Luder …«, lässt mich Phil noch wissen, bevor er die zweite Runde einleitet. Gefolgt von einer dritten Runde... einer vierten... einer fünften... einer ganzen Nacht in der er mir mehrere weltverändernde Orgasmen schenkt.

BEKANNTSCHAFTEN

Hey, Schlafmütze! Aufwachen.«

Als mir Phil mit einer federleichten Berührung über meine Nase streicht, rümpfe ich diese und öffne verschlafen meine Augen. Phil strahlt mich absolut ausgeruht an und sieht so aus, als wäre er das blühende Leben. Ich jedoch fühle mich so, als würde ich noch mindestens zehn Stunden Schlaf benötigen.

»Es ist doch noch viel zu früh, um aufzustehen«, gebe ich gähnend von mir und blende die Tatsache aus, dass es eigentlich schon ziemlich hell ist und die Sonne durch das Fenster scheint.

»Es ist zwölf Uhr, Mia«, schmunzelt Phil. »Und wir müssen leider gleich los. Ich habe meinem Bruder versprochen, dass wir heute ein Eis essen gehen. Wenn du Lust hast, kannst du gerne mitkommen? Als meine offizielle Freundin, versteht sich.«

Phil sagt das mit so einer Überzeugung, dass mir wieder ganz warm ums Herz wird. Deshalb lege ich meine Hand in seinen Nacken, ziehe ihn zu mir und hauche einen sanften Kuss auf seine Lippen.

»Sehr gerne, aber ich muss vorher noch nach Hause und mich frisch machen«, teile ich ihm mit und sehe an mir hinab. An meinem Körper haften nämlich noch immer die Spuren unseres Liebesspiels und eine Möglichkeit zu duschen, gibt es hier nicht.

Phi folgt meinem Blick und schmunzelt. »Eigentlich ist die Vorstellung ziemlich heiß, dass du mich so begleiten würdest. Aber eine Dusche würde mir auch nicht schaden.«

Mit einem Grinsen auf den Lippen steht er auf und zieht mich mit sich hoch. Dass ich jetzt völlig nackt vor ihm stehe, hätte mich gestern noch beschämt zu Boden sehen lassen.

Da mich Phil aber mit seinem glühenden Blick zu verschlingen scheint, genieße ich diese Bestätigung und grinse ihn frech an.

»Noch nicht genug, hm?«

»Von dir werde ich niemals genug bekommen«, raunt er in mein Ohr und fährt mit seinem Zeigefinger langsam über mein Rippen hinab, worauf ich hörbar scharf die Luft einziehen muss. Unglaublich, dass diese Berührung sofort in meinen Unterleib schießt und mich feucht werden lässt. Aber bei Phil ist sowieso alles anders und ich werde es nicht mehr hinterfragen.

Als wir kurze Zeit später im Auto sitzen, lasse ich diesen einmaligen Ausflug nochmal Revue passieren. Ich hoffe, dass es nicht das letzte Mal gewesen ist, dass wir hierhergekommen sind. Dieser Ort und die kleine Hütte haben nämlich wirklich etwas Magisches an sich.

»Danke, dass du mich mitgenommen hast und mir gezeigt hast, wie gut es mir eigentlich geht.«

Da sich Phil zu Wort melden möchte, beuge ich mich über die Mittelkonsole und lege meinen Zeigefinger auf seine Lippen. »Du zeigst mir auf, dass ich wichtig bin und gibst mir das Gefühl etwas Besonderes zu sein. Ich weiß gar nicht, ob ich mich jemals so gefühlt habe, deshalb – Dankeschön. Du weißt gar nicht wie viel mir das bedeutet.«

Während ich rede, sieht Phil ernst zwischen mir und der Straße hin und her. Nach meinem Bekenntnis löst er seine rechte Hand vom Lenkrad und umschließt diese mit meiner Hand. »Egal wie lange es dauern wird, ich werde das letzte Fünkchen Selbstzweifel beseitigen, damit du dich endlich frei fühlen kannst.«

Bei seinen Worten muss ich lächeln und habe wirklich das Gefühl, dass er dieses Vorhaben erreichen könnte. Diese lästigen Dämonen belagern mich wirklich schon viel zu lange und ich möchte mich einfach angenommen und angekommen fühlen.

»Ich freue mich darauf … und auf das Eis, nachher«, erwidere ich grinsend, um die Ernsthaftigkeit ein bisschen abzumildern.

Als Phils Wagen vor meiner Wohnung zum Stehen kommt, schnalle ich mich ab, beuge mich zu ihm und hole mir einen letzten kurzen Kuss. »Wo treffen wir uns denn?«, frage ich nach, als ich mich von ihm löse.

»Ich hol dich um zwei ab. Okay? Und da wäre noch etwas … Mein Bruder kann ziemlich neugierig sein. Also, schon mal als kleine Vorwarnung.«

Weil sich Phil so verlegen über seinen Bruder äußert, kann ich das Grinsen, welches sich auf meinen Lippen bildet, nicht verbergen. »Alles klar. Dann stelle ich mich schon mal auf eine – *kleine Bruder Inquisition* – ein. Wird bestimmt lustig!«

Mit diesen Worten verabschiede ich mich von ihm, steige aus dem Auto, winke ihm nochmal hinterher und begebe mich beschwingt in meine Wohnung – denn ja, so fucking gut habe ich mich schon lange nicht mehr gefühlt.

Vielleicht hätte ich Phils Worte ernst nehmen und mich mental auf das Verhör des Jahrhunderts einstellen sollen. Jetzt sitze ich nämlich einem kleinen Sherlock Holmes gegenüber, der gerade versucht, mein Leben zu analysieren.

»Du bist also in meinen großen Bruder verliebt?«, fragt er mich gerade heraus, während er in seinem Eisbecher herumrührt, als würde darin ein Wirbelsturm wüten. Viel kann man von den vier ausgewählten Eissorten nicht mehr erkennen, aber ich hoffe, dass ihm die Pampe trotzdem noch schmeckt.

»Also, ich … ähm …« *Weiß gerade nicht was ich sagen soll!*

Der kleine Kerl, der Lukas heißt, sieht mich abwartend an. Dass mir plötzlich ziemlich heiß wird und ich unruhig auf meinem Sitz herumrutsche, fällt ihm aber Gott sei Dank nicht auf.

»Lukas, was soll das? Ich habe dir doch schon erklärt, dass Mia meine Freundin ist!«, rettet mich Phil und ich atme erleichtert aus.

Lukas bedenkt mich aber weiterhin mit einem strengen Blick und ich befürchte, dass er mit seinem Verhör noch nicht fertig ist.

»Habt ihr euch schon mal geküsst? Also so richtig – mit Zunge?«, will er begeistert wissen und ich öffne meinen Mund, bin aber so sprachlos, dass mir nichts dazu einfällt. Darum drehe ich mich hilfesuchend zu Phil, der mich aber nur schmunzelnd betrachtet und absolut gelassen bleibt. *Okay, Mia – durchatmen. Dir wird schon eine kinderfreundliche Antwort einfallen.*

»Also, das ist vielleicht schon einmal vorgekommen …«, antworte ich ausweichend und schnappe mir schnell mein Glas und trinke einen großen Schluck Cola.

»Iiiih. Ihr seid ekelig!«, lässt Lukas die Bombe platzen und schüttelt sich. Ich muss über seine Reaktion lachen, da ich in seinem Alter wahrscheinlich genauso reagiert hätte.

»Aber ich verrate dir was …«, sage ich leise und beuge mich verschwörerisch zu ihm. Da Lukas sofort darauf einsteigt und mich neugierig betrachtet, fahre ich leise fort. »… so etwas darf man nur machen, wenn man schon ganz alt ist. Also mach dir lieber nicht so viele Gedanken darüber. Du hast noch ein bisschen Zeit.«

»Was soll das heißen?«, fragt er mit hochgezogener Augenbraue nach. »Ich bin doch schon sieben!!«

Grinsend schüttele ich meinen Kopf und tätschele seine

Hand. »Ich weiß, du bist auch schon wirklich sehr alt. Aber lass uns lieber von was anderem reden. Etwas das viel mehr Spaß macht. Magst du Fußball?«

Und schon habe ich ihn. Lukas erzählt mit strahlenden Augen, dass er erst letztens drei Tore beim Heimspiel seiner Mannschaft geschossen hat. Er und sein bester Freund sind nämlich die heimlichen Stars der Mannschaft und alle würden gerne so gut spielen können wie sie.

In der nächsten Stunde werde ich in die vollkommene Fußballthematik eingeführt und als wir die Eisdiele verlassen, weiß ich alles über Freistöße, Elfmeterschüsse und Abseits. Dieses Wissen wird auf der Fahrt zu den Eltern auch eingehend geprüft, um sich zu versichern, dass ich auch ja nichts falsch verstanden habe.

Als wir in den Hof eines sehr großzügigen Anwesens, samt imposanten Hauses, welches anscheinend Phils Familie gehört, einfahren, klappt mir die Kinnlade nach unten. Mit großen Augen betrachte ich die sehr gepflegten Blumenbeete und meisterlich platzierten Büsche und Bäume. Alles wirkt perfekt aufeinander abgestimmt.

»Wow, davon hast du mir gar nichts erzählt«, gebe ich überrascht von mir.

Phil zuckt nur unbeeindruckt mit den Schultern und grinst. »So besonders ist unser Haus jetzt auch wieder nicht.«

Also das ist mal die Untertreibung des Jahrhunderts! Als Haus kann man dieses eindrucksvolle, blassgraue Gebäude fast nicht mehr bezeichnen. Die kleinen Steinchen knirschen, als wir aussteigen und ich mich um mich selbst drehe, während ich mich geradezu ehrfürchtig umsehe.

»Soll ich nicht lieber hier warten?«, frage ich jetzt doch etwas verunsichert nach. Irgendwie geht das doch alles ziemlich schnell und bin mir nicht sicher, ob Phil seine Mutter schon darüber in Kenntnis gesetzt hat, dass er in Begleitung auftaucht.

Phil reagiert damit, dass er sich meine Hand schnappt, mich aufmunternd anlächelt und in Richtung Eingang zieht. »Keine Sorge. Hier beißt niemand. Sei einfach so wie du immer bist, dann wird sie dich lieben.« *Na, der hat leicht reden!*

Gespannt und nervös fummele ich an den Ärmeln meines Shirts herum, als Phil die Klingel drückt. Kurze Zeit später öffnet sich die Türe und ich blicke in ein wunderschönes, blitzgrünes Augenpaar, dass mir sofort bekannt vorkommt.

Phils Mutter lächelt mich freundlich an und ich bin überrascht, wie ähnlich die beiden sich sehen. Seine Mutter ist wirklich eine bildhübsche Frau. Ihr braunes Haar trägt sie Schulter lang und ihre Nase ziert ein feines Brillengestell, dass gut zu ihrem zarten Gesicht passt. Auf ihren schönen, geschwungenen Lippen liegt ein wissender Zug und ich lächle sie etwas verlegen an.

»Oh, du hast ja jemanden mitgebracht. Was für eine Überraschung. Kommt doch rein.«

Sie lässt uns den Vortritt und wir begeben uns ins Innere des Hauses. Wir stehen in einem großen, hell gehaltenen Foyer, von dem aus viele verschiedene Türen abgehen und ich kann gar nicht anders als mich beeindruckt um zu sehen.

»Wow, ihr Haus ist wirklich sehr eindrucksvoll, Frau Lehmann. Ich bin übrigens Mia, schön sie kennenzulernen.« Etwas unbeholfen reiche ich ihr meine Hand und hoffe, dass sie mir meine Nervosität nicht allzu sehr anmerkt.

Herzlich erwidert sie meinen Händedruck. »Ich freue mich auch dich kennenzulernen, Mia. Aber nenn mich doch Gabi.«

Lächelnd nicke ich, als sie mir mit einer mütterlichen Geste über meine Hand streicht. Zwar kenne ich Phils Mum noch keine fünf Minuten, bin mir aber jetzt schon sicher, dass sie mir schnell ans Herz wachsen wird.

»Wie war es in der Eisdiele? Wollt ihr vielleicht noch etwas essen? Ich habe noch genügend Auflauf im Ofen«, fragt sie uns und wir drei schütteln einstimmig unsere Köpfe.

»Danke, Mum! Wir haben genug Eis gegessen. Ich hoffe Lukas wird keine Bauchschmerzen bekommen. Er hat nämlich satte vier Kugeln verdrückt.«

Sie betrachtet Phil mit einem gespielt strengen Blick, schüttelt dann aber grinsend den Kopf, während Lukas nur genervt aufseufzt. »Na, wenn er heute schlecht schlafen wird, weiß ich ja, wem ich es in die Schuhe schieben kann«, beginnt sie und fährt dann gleich fort. »Apropos, ich wollte dich sowieso noch was fragen. Morgen ist ja die große Geburtstagsfeier von Claudia, Sarahs Mutter. Sie wird Fünfzig und feiert das wie immer ziemlich stattlich. Du, beziehungsweise ihr beide kommt doch. Oder?«

Phils freundliche Miene verfinstert sich bei ihren Worten. Sein Blick huscht dabei zu mir und als er meinen nicht gerade begeisterten Gesichtsausdruck entdeckt, sieht er entschuldigend zu seiner Mutter.

»Ich weiß ehrlich gesagt nicht, ob das so eine gute Idee

ist. Ich bin momentan nicht so gut auf Sarah zu sprechen«, offenbart er seiner Mutter.

Gabi winkt aber nur ab und lächelt ermutigend. »Ach Phillip, du weißt doch wie sehr sich Claudia freut, wenn sie dich zu Gesicht bekommt. Gib dir einen Ruck, es wird bestimmt lustig.«

»Du musst auf mich keine Rücksicht nehmen«, melde ich mich zu Wort. »Es ist für mich auch überhaupt kein Problem, wenn du alleine dort hingehst.«

Phil quittiert meine Aussage mit einem Kopfschütteln. »Quatsch, ich gehe nur mit dir. Lust habe ich zwar keine und wir müssen auch nicht lange bleiben, aber ohne dich lasse ich mich dort nicht blicken.«

Ich verkneife mir eine entgeisterte Grimasse, da uns Gabi jetzt freudestrahlend ansieht und nicke nur zaghaft. *Na, das kann ja was werden…*

»Oh, wie schön. Dann hätten wir das ja geklärt. Ich werde den kleinen Mann hier jetzt mal in die Badewanne stecken. Fühl dich wie zuhause, Mia.«

Ich schenke ihr noch ein dankbares Lächeln und sehe dem kleinen, protestierenden Rabauken nach. Obwohl er wirklich nicht auf den Mund gefallen und ziemlich neugierig ist, mag ich ihn sehr und freue mich auf unsere nächste Begegnung.

»Da wir jetzt schon mal hier sind …«, beginnt Phil grinsend. »… soll ich dir mein altes Zimmer zeigen?« Verheißungsvoll wackelt er mit seinen Augenbrauen und ich kann mir schon vorstellen, was er mit *„zeigen“* meint.

Lachend schüttele ich meinen Kopf, beantworte seine Frage aber mit einem Nicken. »Du kannst mir dein Zimmer sehr gerne zeigen. Wenn du aber denkst, dass dort irgendetwas Unanständiges passieren wird, dann muss ich dich enttäuschen. Ich habe deine Mutter gerade erst kennengelernt und dann könnte ich niemals …«

Alleine bei der Vorstellung schüttelt es mich, da ich viel zu viel Angst hätte, dass sie etwas davon mitbekommen könnte.

»Schon gut, du kleine Spielverderberin«, erwidert Phil grinsend und zieht mich dann in das obere Stockwerk. Wir steuern auf die hinterste Tür zu und als wir Phils Zimmer betreten, staune ich mal wieder nicht schlecht. Der Raum misst schätzungsweise um die dreißig Quadratmeter und jeder Jugendliche würde bei dieser Zimmerausstattung Schnappatmung bekommen.

»Bist du dir sicher, dass du nicht mehr hier wohnst? Das sieht alles so neu aus«, frage ich überrascht nach und betrachte das ganze Hightech Computer Equipment, welches eine ganze Seite des Raumes einnimmt. Ein großer weißer Raumteiler, trennt den Schlafbereich ab, indem sich ein gemütlich wirkendes Boxspringbett befindet. An der Wand hinter dem Bett hängen einige Bandposter, unter anderem eines von ACDC, was ich ziemlich cool finde.

Ich setze mich auf sein Bett, streiche mit den Händen über die Bettwäsche, die neu bezogen zu sein scheint und grinse Phil abwartend an.

»Ich bin erst vor einem guten Jahr ausgezogen. Hotel Mama ist ab vierundzwanzig nicht mehr so cool.«

Bei seinen Worten sacken meine Schultern automatisch nach unten und ich kann nicht verhindern, dass mir diese einfach so dahingesagten Worte einen Stich versetzen.

Als Phil bewusst wird, was er da gerade von sich gegeben hat, kommt er auf mich zu und schließt schuldbewusst die Augen. »Fuck Mia, ich bin so ein gefühlloses Arschloch. Es tut mir leid, ich …«

Mein Zeigefinger, der sich auf seine Lippen legt, hindert ihn an einer weiteren Entschuldigungstirade. »Halb so wild … oder auch nicht. Du kannst nichts dafür, ebenso wenig wie ich es kann. Ich muss einfach lernen mit meinem Schicksal umzugehen.«

Und das meine ich wirklich ernst. Diese ganze verdrängte Trauer und Wut sollte ich wirklich aufarbeiten, bevor sie mich irgendwann kaputt machen.

Phil zieht mich in seine Arme und drückt mir einen Kuss auf meine Stirn. »Weißt du eigentlich, dass ich verdammt viel Respekt vor dir habe? Ich glaube auch, dass der Eichhörnchen Status nicht mehr so ganz zu dir passt. Wie wäre es mit *„kleiner Wildkatze"*?«

Bei seinen Worten muss ich lachen und hebe herausfordernd eine Augenbraue. »Ach glaubst du, dass in mir eine kleine Wildkatze schlummert?«

Phil nickt. »Definitiv. Und ich freue mich schon, bald mit ihr zu spielen. Aber das muss noch ein bisschen warten«, erklärt er mir, richtet sich wieder auf und reicht mir seine Hand.

»Wir sollten uns jetzt lieber auf den Weg machen, bevor mein Vater nach Hause kommt. Oder hast du noch Lust auf weitere neugierige Bekanntschaften?«

Eigentlich wäre es ziemlich spannend, seinen Vater kennenzulernen und herauszufinden, ob die beiden sich ähnlich sind. Dennoch schüttele ich lächelnd meinen Kopf und lasse mich von ihm hochziehen. Dieser Tag hatte es heute in sich und obwohl er wunderschön war, bin ich ziemlich geschafft.

Wir verlassen Phils *altes-neues* Zimmer und schleichen uns leise aus dem Haus, da wir die Befürchtung haben, dass Lukas uns sonst nicht gehen lassen würde.

Als wir im Auto sitzen wird mir erst so richtig bewusst, wie sehr mir so ein normales Familiengeschehen fehlt. Seit dem Tod meiner Eltern hatte ich nie das Bedürfnis, andere an mich heranzulassen oder am Familiengeschehen von Freunden teilzunehmen. Eigentlich hatte ich ja auch nicht wirklich viele Freunde.

Mit Svens Familie habe ich mich nicht verstanden und Claire ist ja auch erst mit achtzehn aus den Staaten hergezogen. Ich mag ihre Familie und finde sie nett, aber ich habe zu ihnen auch nie ein inniges Verhältnis aufgebaut. Lag wahrscheinlich auch daran, dass wir immer schnell abgezogen sind, wenn ihre Mum oder ihr Dad mit uns quatschen wollten.

»Alles Okay bei dir?«, will Phil von mir wissen, als er mich musternd von der Seite ansieht.

Zaghaft nicke ich, weil ich nicht so recht weiß, wie ich mit der Sprache herausrücken soll.

»Klar, war ein sehr schöner Tag heute …« Da ich nicht mehr an das ganze Familienthema denken möchte, beginne ich mit einem anderen Thema, das mir Bauchschmerzen bereitet.

»Was die Sache mit dieser Geburtstagsfeier betrifft«, starte ich vorsichtig. »Ich habe wirklich keine Lust, Sarah gegenüberzutreten. Vor allem habe ich die Befürchtung, dass sie es nicht gutheißen wird, wenn sie mitbekommt, dass wir jetzt zusammen sind.«

Phils Blick ist weiterhin auf die Straße gerichtet, aber ein strenger Zug liegt auf seinen Lippen. »Sarah ist die Letzte, um die du dir Gedanken machen musst. Sie wird es irgendwann schon akzeptieren. Da ich sowieso keine Lust auf ihre Gesellschaft habe, kann mir – oder besser gesagt uns, dass auch relativ egal sein.«

Seine Worte besänftigen mich leider nur ein kleines bisschen, da ich diese Ziege einfach wirklich nicht richtig einschätzen kann.

»Hmm.« Ehrlich gesagt weiß ich nicht, was ich darauf erwidern soll. Ich habe bei dieser Ziege einfach ein ungutes Gefühl und werde das auch irgendwie nicht los.

Auch als wir schon vor meinem Wohnhaus stehen und mich Phil sanft in seine Arme zieht und küsst, lässt mich dieses komische Gefühl nicht los.

»Kommst du noch mit hoch?«, hauche ich gegen seine Lippen und blicke erwartungsvoll in seine Augen. Da Phil diesen Blick aber nur bedauernd erwidert, kann ich mir seine Antwort schon denken.

»Ich muss leider noch ein Projekt für die Uni fertig machen«, bemerkt er mit Bedauern in der Stimme. Ein leichtes Seufzen entfährt mir, denn natürlich hätte ich mich gefreut, wenn ich neben ihm einschlafen hätte können. Aber die Uni geht vor.

Trotzdem schnappe ich mir noch einen innigen Abschiedskuss, der Lust auf mehr macht. »Dann sehen wir uns also morgen zu dieser Feier?«, frage ich atemlos nach, als wir uns voneinander lösen.

Phil nickt und streicht mir eine Haarsträhne hinters Ohr. Ich liebe es, wenn er das macht, denn diese kleine Geste gibt mir immer das Gefühl, dass ich ihm wirklich etwas bedeute. »Ich hol dich um 18 Uhr ab. Und mach dir wirklich keine Sorgen wegen Sarah, okay?«

Ich unterdrücke das leichte Schnauben, dass über meine Lippen kommen möchte und versuche mich an einem Lächeln. »Alles klar, wir werden das schon rocken …«

Zum Abschied bekomme ich noch einen Kuss auf die Stirn, der meine Knie weich werden lässt und Phil steigt dann in sein Auto. Mit gemischten Gefühlen sehe ich seinem davonfahrenden Wagen hinterher und hoffe einfach, dass sich Sarah zusammenreisen wird.

Ansonsten könnte das wirklich Katastrophal enden …

VERHÄNGNISVOLLER ABEND

»Oh man Claire, ich dreh hier gleich durch!«

Wir befinden uns jetzt schon im dritten Klamottenladen und ich habe immer noch kein passendes Kleid gefunden.

»Du bist aber auch verdammt wählerisch«, lässt mich Claire, die vor der Kabine auf mich wartet, frustriert wissen.

Bei ihren Worten beginne ich zu grinsen. Denn verdammt, sie hat einfach vollkommen recht. »Was soll ich denn machen? Ich möchte nicht in irgendeinem Lumpen auf dieser Feier auftauchen. Vor allem möchte ich nicht, dass Phil sich für mich schämen muss.«

»Jetzt hörst du aber mal auf …« Claire reißt so energisch den Vorhang auf, dass ich sie geschockt anstarre und mir schnell ein Kleid vom Kleiderhaufen vor mir schnappe und meinen Körper bedecke.

»Sag mal spinnst du? Mach den Vorhang wieder zu.«

Meine beste Freundin stürmt in die Kabine, schließt den Vorhang und sieht mich mit zusammengekniffenen Augen an. »Mach dich doch nicht immer so schlecht, verstanden? Ich würde dich manchmal am liebsten rütteln, damit du erkennst, wie toll du eigentlich bist.« Energisch schnappt sie sich ein Kleid vom Stapel, hält es vor mich, schiebt mich zum Spiegel und deutet auf mich. »Sieh dich doch an. Deine Figur ist der absolute Wahnsinn, obwohl mir ein paar Kilo mehr an dir besser gefallen. Man kann sogar schon deine Hüftknochen sehen.« Angewidert piekst sie gegen meine Hüfte, was mich wiederum grinsen lässt. »Das ist nicht lustig Mia, ich mein das Ernst. Bitte zweifle nicht immer an dir, okay?«

Ergeben nicke ich und betrachte seufzend mein Spiegelbild. Claire hat ja eigentlich recht, mit dem was sie da von sich gibt. Ich habe mich wirklich sehr verändert und ich kann stolz darauf sein. Trotzdem lauern mir die Dämonen meiner Vergangenheit immer noch ab und zu auf.

»Okay, deine Message ist bei mir angekommen! Du hörst dich schon wie Phil an.«

»Na warum denn auch nicht? Wir haben doch beide keine Tomaten auf den Augen«, echauffiert sich Claire und wir müssen beide über ihre Aussage lachen.

Ich werfe das Kleid, dass mir Claire vor die Brust gedrückt hat in eine Ecke und ziehe sie in meine Arme. »Danke, du bist wirklich die beste Freundin, die man sich wünschen kann.«

Und das meine ich verdammt ernst. Claire gehört zu den wenigen Menschen, denen ich wirklich vertraue und ich wüsste nicht, was ich ohne sie machen würde.

»Hör auf damit, sonst werde ich noch sentimental«, erwidert sie theatralisch. Dass sie meine Worte aber zu schätzen weiß, zeigt sie mir, indem sie mich fest an sich drückt.

»Weißt du was? Ich habe noch ein Kleid in petto. Es ist mir vorhin schon aufgefallen, als wir den Laden betreten haben. Du wirst es wahrscheinlich zu gewagt und zu auffällig finden, aber es wird dir bestimmt gut stehen«, beginnt sie erheitert und klatscht in die Hände. »Und ich bin mir auch ziemlich sicher, dass du den anwesenden Damen die Show stehlen wirst. Willst du es sehen?«

Skeptisch hebe ich eine Augenbraue und bin mir nicht so sicher, ob ich Claires Euphorie teilen kann.

»Ich weiß nicht so recht. Du schlägst manchmal mit deiner Kleiderwahl ziemlich über die Stränge.«

Zwar geschieht das nicht oft, da Claire wirklich einen tollen Modegeschmack hat, aber bei manchem gewagten Teil sind mir schon fast die Augen rausgefallen.

Claire quittiert meine Aussage nur mit einem Schnauben und schüttelt ihren Kopf. »Glaub mir, es wird fantastisch an dir aussehen! Ich bin gleich wieder da.«

Mit einem mulmigen Gefühl im Magen, sehe ich ihr hinterher und hoffe, dass sie jetzt nicht mit irgendeinem Fummel daherkommt. Ein zu tiefsitzender Ausschnitt oder ein gewagter Beinausschnitt wäre ziemlich unangebracht. Laut Phils Aussagen, herrscht auf solchen Feiern nämlich eher gehobeneres Ambiente.

Als Claire kurze Zeit später mit einem goldschimmernden Traum die Kabine betritt, sehe ich sie verwundert an. »Wow, das sieht wunderschön aus. Aber ich weiß nicht, ob mir so ein Kleid stehen wird«, gebe ich zu bedenken, nehme es ihr aber trotzdem ab und halte es vor meine Brust.

Der schön schimmernde Stoff würde meinem hellen Hautton wirklich gut schmeicheln. Auch der leicht abgesetzte Ausschnitt zeigt nicht zu viel und die Länge wäre auch ideal. Trotzdem sehe ich Claire unschlüssig an.

»Ach Mia, trau dich doch mal. Du wirst bezaubernd aussehen«, versucht mich Claire zu ermutigen. Ich weiß, dass es Zeit wird, endlich mal über meinen Schatten zu springen und nicke deshalb zaghaft.

»Hm, okay … anprobieren kann ich es ja einfach mal.«

Claire verlässt mit einem Lächeln auf den Lippen die Kabine, während ich das Kleid noch eine Zeit lang zweifelnd anstarre, bevor ich es schlussendlich doch anprobiere und aus der Umkleide trete.

»Oh mein Gott, Mia! Du siehst absolut umwerfend aus,« kommt es überwältigend von Claire, die mich mit großen Augen und offenem Mund mustert.

Ich stelle mich vor den großen Spiegel, der vor der Umkleide steht und drehe mich einmal im Kreis.

»Bist du sicher? Das Kleid wird bestimmt sehr viele Blicke auf sich ziehen«, gebe ich zu bedenken und betrachte unsicher mein Erscheinungsbild.

Der lange, fließende Stoff passt sich aber perfekt meinem Körper an und der dezente Ausschnitt, sowie die langen Ärmel, verleihen dem Kleid etwas Außergewöhnliches.

»Und das ist auch gut so. Ich bin mir sicher, dass Phil nicht von deiner Seite weichen wird«, erwidert Claire mit glänzenden Augen.

Schmunzelnd schüttele ich meinen Kopf, weil sie wieder einmal maßlos übertreibt und lasse meinen Blick wieder über meinen verhüllten Körper wandern.

Ehrlich gesagt hätte ich nicht gedacht, dass ich ihr recht geben werde. Aber dieser goldene Traum steht mir wirklich ausgezeichnet.

»Ich glaube, ich habe mich entschieden«, lasse ich meine bessere Hälfte wissen, die quietschend die Hände in die Höhe reißt.

»Aaaah, das wird genial. Obwohl ich nicht dabei sein werde, weiß ich jetzt schon, dass du das Highlight dieser Feier sein wirst.«

Ich weiß nicht so recht, ob ich Claires Vorfreude teilen kann und lächle deshalb nur zaghaft. Eigentlich möchte ich dort keine Aufmerksamkeit auf mich ziehen und mich in irgendeiner Weise zur Schau stellen. Nur wegen Phil, lasse ich mich auf diesen Abend ein und hoffe, dass wir nicht allzu lange bleiben werden.

Nachdem ich mich wieder umgezogen habe, bezahle ich das Kleid und bin froh, dass im Laden schon Sonderschlussverkauf herrscht. Ansonsten hätte ich mir diesen Traum aus Gold nicht leisten können.

Zuhause angekommen, schickt mich Claire gleich unter die Dusche, damit sie schnellstmöglich mit ihrem Verwandlungsprogramm starten kann. Im Bademantel und mit nassen Haaren sitze ich jetzt vor ihr und lasse ihr Schminkprogramm über mich ergehen. Bei jedem anderen wäre ich wahrscheinlich schon schreiend davongelaufen, aber ich vertraue Claire und hoffe, dass sie mich nicht komplett verunstalten wird. Zwar ist mir etwas flau im Magen, weil sie die verschiedenen Pinsel doch in alle möglichen Pöttchen und Tiegel taucht, aber ich hoffe einfach auf das Beste. Was mich aber auch etwas unruhig werden lässt, ist die Tatsache, dass Claire den Spiegel in meinem Schlafzimmer abgehängt hat und ich deshalb überhaupt nicht überprüfen kann, was sie da auf meinem Gesicht veranstaltet.

Nach 30 Minuten legt sie den letzten Pinsel aus der Hand und betrachtet mich zufrieden. »Hm, lass mich raten … du würdest jetzt gerne nachsehen, ob ich dich nicht verunstaltet habe, oder?«, liest Claire förmlich meine Gedanken. Heftig nicke ich, in der Hoffnung, dass sie mich kurz aufstehen lässt, um einen Blick im Badezimmerspiegel zu erhaschen.

Da sie aber nur teuflisch zu grinsen beginnt, kann ich mir das wohl abschminken. »Erst wenn ich mit deinen Haaren fertig bin. Dann darfst du mein Meisterwerk betrachten.«

Ich quittiere ihre Worte nur mit einem Schnauben und lasse sie an meine Haare. Claire föhnt meine Locken eine gefühlte Ewigkeit, bis sie mir in sanfte Wellen über meinen Rücken fallen. Als sie den Föhn aus der Hand legt, atme ich erleichtert aus und will aufstehen, aber meine beste Freundin hält mich zurück.

»Zuerst ziehst du dein Kleid an und danach darfst du mir danken! Wir wollen ja das Gesamtpaket betrachten.«

Gespielt grimmig sehe ich Claire an, strecke ihr meine Zunge raus, stehe dann aber wie befohlen auf und gehe zu meinem Kleiderschrank. Ich steige ganz vorsichtig und langsam in das Kleid und atme tief durch. In der vergangenen Stunde habe ich kaum ein Wort gesprochen, da meine Gedanken immer wieder bei dieser Geburtstagsparty und dementsprechend auch bei Sarah waren. Ich bin wirklich schon gespannt, wie sie auf die Neuigkeit, dass Phil und ich ein Paar sind, reagieren wird.

Da Claire gerade dabei ist, meinen Spiegel an seinen ordnungsgemäßen Platz zu hängen, bleibt mir keine Zeit mehr für weitere Überlegungen. Ehrfürchtig stelle ich mich vor den Spiegel und betrachte mich. Der erste Gedanke, der mir in den Sinn kommt, ist, dass das nicht ich sein kann. So habe ich mich nämlich noch nie gesehen.

Es gab zwar schon die ein oder andere Feierlichkeit, für die ich mich rausgeputzt habe, aber nicht in diesem Ausmaß. Claire hat wirklich nicht übertrieben und alles aus mir rausgeholt.

Das Makeup ist eher dezent gehalten, da das Kleid alleine schon ein wahrer Hingucker ist. Das Einzige, das heraussticht, sind meine rotgeschminkten Lippen, die meinen vollen Kussmund gut zur Geltung bringt.

»Ich hoffe doch, dass der haltbar ist?«, frage ich grinsend und deute auf meine Lippen.

Claire nickt. »Na klar, was denkst du denn? Ich kann euch beide doch nicht quälen.«

Wo sie recht hat, hat sie recht! Das wäre wirklich die reinste Folter, wenn ich Phil nicht küssen dürfte. Ich lasse meinen Blick weiter nach unten schweifen und bleibe an meinen Brüsten hängen. Normalerweise ist es so, dass meine recht üppige, nicht zu verachtende Oberweite regelrecht hervorsticht. Oft bemerke ich, wie während einem Gespräch, die Blicke immer wieder auf mein Dekolleté fallen. Oftmals empfinde ich es als unangenehm. Oder nein – sagen wir eher als – lästig. In meiner Fantasie schreie ich die Person dann mit einem »Ich bin hier OOOOOBEEENNN! Da wo sich auch meine Augen befinden!« an. Dieses Kleid jedoch schafft es, all dieses zu umgehen. Es ist so hervorragend geschnitten, dass der Fokus nicht auf meinen Brüsten liegt.

Ja, in diesem Kleid fühle ich mich wirklich absolut wohl und ich glaube auch, dass man mir das ansieht.

»Du hast dich mal wieder selbst übertroffen. Es fällt mir ein bisschen schwer das zuzugeben, aber du hast es einfach drauf«, gebe ich anerkennend zu.

Claire streicht sich gespielt erleichtert über ihre Stirn und umarmt mich. »Ich habe dir doch gesagt, dass du der wahre Star des Abends sein wirst. Wann kommt denn dein Herzblatt?«

Bei ihrer Frage schiele ich auf meine Uhr. »Eigentlich hätte er schon längst hier sein müssen …«

Vielleicht hat er mich ja angerufen? Um das zu überprüfen, hole ich mein Handy aus der Küche. Das Display zeigt mir aber keine eingegangenen Anrufe oder Nachrichten an und ich gehe mit einem mulmigen Gefühl zurück zu Claire.

»Hmm, also er hat sich noch …« *…nicht gemeldet*, will ich gerade ausholen, werde aber vom lauten Klingeln der Türglocke unterbrochen. Erleichtert atme ich auf und schelte mich selbst dafür, dass ich schon wieder einmal vom Schlimmsten ausgehe. Phil würde mich nicht einfach grundlos versetzen und so langsam sollte ich das auch mal kapieren.

»Jetzt mach doch die Tür auf!«, befiehlt mir Claire grinsend und ich schüttele die letzten negativen Gedanken ab und marschiere zügig in den Flur. Tief atme ich durch, bevor ich die Tür öffne und bin absolut sprachlos.

Ich hätte nicht gedacht, dass mich Phils Anblick im Smoking so aus der Bahn werfen könnte. Er steht lässig angelehnt an der gegenüberliegenden Wand, beide Beine überkreuzt und mustert mich mit einem undefinierbaren, intensiven Blick. Ich weiß, dass ich schon oft genug davon geschwärmt habe, wie gut Phil aussieht, aber ihn in diesem Aufzug zu sehen, übertrifft wirklich alles.

Der schwarze Anzug steht ihm wie angegossen und ich bin mir ziemlich sicher, dass er maßgeschneidert und kein billiges Teil von der Stange ist. Unter dem offenen Jackett trägt er ein schlichtes weißes Hemd, welches die burgunderrote Krawatte, die er um den Hals trägt, perfekt zur Geltung bringt. Seine Haare hat er so gut wie nicht gestylt, denn ich liebe diesen verschlafenen Bad Boy Look an ihm. Als er sich langsam von der Wand abstößt und auf mich zukommt, beginnt mein Herz unweigerlich schneller zu schlagen.

»Verdammt Mia, du siehst absolut umwerfend aus«, sagt Phil mit belegter Stimmte und streicht mir über meine Wange. Diese röten sich leicht bei seinen Worten und mir fällt wirklich ein Stern vom Herzen, dass ihm dieses Kleid zu gefallen scheint.

»Da sind wir wohl schon zwei«, sage ich lächelnd und beuge mich zu ihm hoch, um mir einen sanften Kuss abzuholen.

Phil erwidert diesen nur allzu gerne und als ich mich wieder von ihm löse, überprüfe ich, ob ich keine Spuren auf seinen Lippen hinterlassen habe. Erleichtert atme ich auf, weil dem nicht der Fall ist.

Na, Gott sei Dank hält Claires Lippenstift, was er verspricht …

Als ich Claires Räuspern hinter uns vernehme, drehen wir uns in ihre Richtung.

»Ich sehe schon, ich werde hier nicht mehr gebraucht«, kommt es lächelnd von ihr. Sie umarmt mich noch und wendet sich dann mit erhobenem Zeigefinger an Phil. »Ich hoffe du weißt zu schätzen, was du an diesem Persönchen hier hast.«

Schmunzelnd hebe ich eine Augenbraue, weil sich Claire wohl immer für mich einsetzen wird und sehe zu Phil, der sie offen anlächelt, und mich dann in seine Arme zieht.

»Du ahnst gar nicht wie sehr«, lässt er sie wissen und streicht dabei mit seiner Hand über meinen Rücken.

Diese kleinen, simplen Worte bewirken, dass mein Herz für einen kurzen Moment aussetzt und ich mich noch mehr in diesen umwerfenden Typen verliebe.

Claire stellt seine Antwort anscheinend auch zufrieden, denn sie schenkt uns beiden ein wissendes Lächeln. »Dann wünsch ich euch einen schönen, unvergesslichen Abend.«

Zum Abschied drücke ich ihr noch einen Kuss auf die Wange und Phil winkt ihr kurz zu. Beschwingt pfeifend macht sich Claire auf den Weg und ich drehe mich lächelnd in Phils Richtung. Da er mich schon wieder so intensiv mustert und seine Augen von unten nach oben über meinen Körper gleiten lässt, beiße ich auf meine Unterlippe.

Die Stimmung zwischen uns ist absolut geladen und ich würde jetzt so ziemlich alles dafür geben, wenn er mich in mein Schlafzimmer schleifen würde und sich das nehmen würde, wonach wir uns beide verzerren.

»Obwohl du in diesem Kleid wie eine Göttin aussiehst, würde ich es dir am liebsten sofort vom Körper reißen.«

Phil lehnt seine Stirn gegen meine und schließt seine Augen. Man könnte fast meinen, ein gequälter Ausdruck liegt auf seinem Gesicht, was mich innerlich aufjubeln lässt.

»Es gibt bestimmt genügend Mittel und Wege, wie man an sein Ziel kommt«, hauche ich leise gegen sein Ohr und sehe ihn auffordernd und mit einem verwegenen Schmunzeln auf den Lippen an.

Sein Blick verändert sich sofort und seine Augen verdunkeln, sich vor Lust. Ich werde unruhig. Noch nie zuvor in meinem Leben hatte ich einen Quicky, würde mich aber sofort dafür begeistern lassen.

»Ach Fuck Mia, wieso machst du es mir so schwer?«

Er zieht mich wieder näher an sich und inhaliert meinen Duft an meiner Halsbeuge. Ganz still gebe ich mir ein gedankliches High Five, weil ich heute extra den Duft aufgelegt habe, den Phil besonders mag. Als ein leises Knurren seine Kehle verlässt, stellen sich die kleinen Härchen auf meinem Körper auf. Wie sehr wünsche ich mir gerade, dass er mich hier und jetzt gegen die nächste Wand drängt. Dieser Wunsch geht zwar nicht in Erfüllung, aber Phil zieht mich in meine Wohnung und lässt die Tür mit einem lauten Knall zufallen. Er drängt mich gegen die geschlossene Tür und ich sehe ihn atemlos und mit großen Augen an.

»Du ahnst wirklich nicht, welche Wirkung deine unschuldigen, großen Augen auf mich haben, oder?« raunt er heißer.

Meine Antwort besteht nur aus einem Kopfschütteln. Etwas hastig nimmt er meine rechte Hand und legt sie auf seine nicht zu verachtende Beule, die sich deutlich unter seiner Anzughose abzeichnet, worauf ich kurz schlucken muss.

Meine Libido tanzt bei dieser Geste Freudentänze und ich bin jetzt wirklich absolut bereift dafür, meinen ersten Quicky zu erleben. Deshalb umschließe ich seinen eingepackten Schwanz ein bisschen fester und genieße das einmalige, schwerere atmen, das Phils Lippen entfährt.

Plötzlich packt er meine Arme, legt sie über meinen Kopf und betrachtet mich mit einem lodernden Blick. Langsam lecke ich mir über die Unterlippe, weil mich die Vorfreude, auf das was gleich passieren wird absolut berauscht. Als er ein Bein zwischen meine Füße schiebt und mein Kleid mit einer Hand aufreizend nach oben zieht, strecke ich ihm willig mein Becken entgegen. Phil wird dabei sicherlich nicht entgangen sein, wie triefend nass mein Höschen bereits ist und damit auch angezeigt wird, wie bereit ich für ihn bin. Ich würde ihm jetzt liebend gerne seine Hose öffnen. Weil er meine Hände aber immer noch festhält, komme ich nicht in diesen Genuss. Jedoch kann er entweder meine Gedanken lesen oder wir haben einfach zum gleichen Zeitpunkt dieselben, denn er knöpft sich unvermittelt die Hose auf.

Ungeduldig und voller Vorfreude beobachte ich ihn dabei

und schlucke angeregt, als er Männlichkeit aus der Boxershorts befreit. Phil fackelt nicht lange, drängt mich noch enger nach hinten, schnappt sich dabei eines meiner Beine, schiebt meinen Slip zur Seite und dringt mit einem kräftigen Stoß in mich ein. Voller Wonne schließe ich meine Augen und genieße dieses mit nichts zu vergleichende Gefühl von ihm ausgefüllt zu werden.

Phil lässt meine Arme frei und ich lege sie automatisch um seinen Nacken um mehr Halt zu haben. Unsere Lippen finden sich und wir verfallen in einen glühenden Kuss, dem seine Stöße in nichts nachstehen. Er nimmt mich so hart ran, dass ich die Befürchtung habe, dass die ganze Prozedur von Claire umsonst gewesen sein könnte. Aber das ist mir in diesem Moment auch herzlich egal. Laut stöhne ich meine Lust hinaus und vergrabe meine Finger in seinem dichten Haar. Die ersten zarten Vorboten meines Orgasmus bahnen sich an die Oberfläche, darum spanne ich meine inneren Muskeln noch fester an.

Es ist wirklich heftig wie schnell ich in letzter Zeit komme, aber beschweren werde ich mich darüber nicht. Phils Bewegungen werden auch immer ungehaltener und ich merke an seiner Haltung, dass er auch kurz vor seinem Höhepunkt steht. Als Phil mit einem rauen Stöhnen in mir kommt, brechen auch meine letzten Dämme und ich heiße diesen massiven Orgasmus mehr als Willkommen. Mein Herz hämmert wie verrückt in meiner Brust und ich lehne meine Stirn an seine Schulter, unfähig einen klaren Gedanken zu fassen. Es dauert eine kleine Ewigkeit bis mein Orgasmus und die daraus resultierenden Glücksgefühle abflauen, aber wenn jeder Quicky so abläuft, bin ich täglich dafür zu haben.

»Du siehst ziemlich durchgevögelt aus«, lässt mich Phil grinsend wissen und stellt mich wieder am Boden ab. Mit glänzenden Augen betrachtet er mich und streicht mir meine Haare aus dem Gesicht. So spurlos ist dieses kleine *Intermezzo* auch nicht an ihm vorübergegangen, denn der Schweiß auf seiner Stirn und die zerzausten Haare, verleihen ihm auch diesen besonderen Sexstempel.

»Und nur du alleine trägst die Schuld daran«, entgegne ich gespielt entrüstet, beginne dann aber zu grinsen und stelle mich vor den Spiegel. *Okay, verdammt ... er hat wirklich recht!*

Mein Lippenstift, der anscheinend doch nicht unbeschränkt haltbar ist, ist ziemlich verlaufen. Von meiner perfekt gestylten Frisur ist auch nicht mehr viel übrig, aber mit ein paar gekonnten Handgriffen sollte ich das schon wieder auf die Reihe bekommen.

»Ich muss noch kurz ins Bad und mich frisch machen! Bin gleich wieder da«, lasse ich Phil wissen und deute auf mein Erscheinungsbild. Dass er mich so spitzbübisch angrinst und offenbar stolz darauf ist, was er da gerade angestellt hat, lässt mich lachend den Kopf schütteln.

Gute fünfzehn Minuten benötige ich, um das *Desaster* wieder geradezubiegen. Zwar sind meine Fähigkeiten begrenzt und ich sehe immer noch nicht perfekt gestylt aus, aber man sieht mir wenigstens nicht mehr an, dass ich gerade durchgevögelt worden bin.

Als wir eine Stunde später am Anwesen von Sarahs Familie ankommen, ankommen, bin ich ehrlich gesagt nicht überrascht, wie übertrieben und überhoben hier alles wirkt.

Auf der Fahrt hierher, hat mir Phil erzählt, dass ihre Eltern ziemlich wohlhabend sind und ordentlich mit ihrem Geld protzen. Sarahs Vater ist irgendein Immobilienmogul, der selten zuhause ist und ihre Mutter genießt ihre Freiheiten und das Luxusleben in vollen Zügen. Da Sarah als Einzelkind groß geworden ist, wurden ihr jegliche Wünsche erfüllt und ich würde lügen, wenn ich behaupten würde, dass man ihr ihre Hochnäsigkeit nicht ansieht.

Ernsthaft, ich mache hier wirklich gerade gute Miene zum Bösen Spiel. Sollte sie mir irgendwie blöd kommen, mache ich mich vom Acker und das habe ich Phil auch so mitgeteilt.

Händchenhalten betreten wir die Villa, in der schon reges Treiben herrscht. Mit gemischten Gefühlen lasse ich meinen Blick umherschweifen und fühle mich augenblicklich unwohl. Phil scheint meine befangene Haltung zu bemerken, denn er umschließt meine Hand fester und lächelt mich aufmunternd an.

Wir schlendern in das Wohnzimmer, das eigentlich auch als Saal fungieren könnte und sehen uns um. Gäste unterhalten sich, lachen und tanzen zu klassischer Musik, während die Kellner umher eilen und sich um das Wohl der Gäste kümmern. Überall stehen Stehtische aus Glas, an denen sich zum größten Teil Männergruppen zusammengefunden haben und sich bei Cognac und Zigarre unterhalten. Hinter diesen Tischen befindet sich eine lange Tafel, die reichlich mit Blumen geschmückt ist und an der sich eine große Schar von Frauen versammelt hat.

Als eine dunkelhaarige Dame in unsere Richtung winkt und Phils Namen ruft, zupfe ich am Saum seines Jacketts. »Du wurdest entdeckt. Möchtest du die Dame begrüßen?«

Phil nickt und führt mich in die Richtung dieser unbekannten Frau. Beim Hinübergehen erklärt er mir, dass es sich hierbei um Sarahs Mutter handelt und ich versuche mich nicht allzu befangen zu geben. Als wir sie erreichen, umarmt sie Phil für meinen Geschmack einen Moment zu lange und schenkt mir daraufhin ein knappes, aufgesetztes Lächeln.

»Phillip, wie schön, dass du gekommen bist. Wie ich sehe hast du Begleitung mitgebracht. Möchtest du mir die Dame vorstellen?«

Sie lässt den Blick zwischen uns beiden hin und her wandern und blinzelt mich leicht überheblich an. Meine durchaus gute Menschenkenntnis verheißt mir bei dieser Person nichts Gutes. Ich kann jetzt schon sagen, dass sie mir absolut unsympathisch ist und ich mich nicht wohl in ihrer Nähe fühle. Außerdem sieht sie Phil für meinen Geschmack viel zu lüstern an. Diese übertriebenen begierigen Blicke, sind absolut unangebracht. Phil scheint davon nichts zu bemerken – mir jedoch wird richtig schlecht.

»Das ist meine Freundin, Mia. Ich bin sehr froh, dass sie mich heute begleitet. So wird dein Geburtstag bestimmt unvergesslich. Und Mia, das ist Sarahs Mutter, Claudia.«

Das Sarahs Mutter von seiner Antwort überhaupt nicht begeistert ist, bemerkt nur ein geschultes Frauenauge. Aber der abschätzende Zug, der sich auf ihren Lippen bildet, kann sie mit ihrem aufgesetzten Lächeln nicht überspielen.

»Oh, wie nett …«, bemerkt sie nur kurz und wendet sich dann vollkommen Phil zu. »Hast du Sarah schon gesehen? Sie hat heute wirklich reizende Begleitung.«

Phil schüttelt nur kommentarlos seinen Kopf und lässt sich dann noch in eine kurze Unterhaltung über seine Familie verwickeln.

Da mich Sarahs Mutter bei diesem Gespräch sowieso wie Luft behandelt, lasse ich meinen Blick umherschweifen und liebäugle mit der Bar. Ein Glas Prosecco wird mir bestimmt dabei helfen, mich etwas zu entspannen und mich lockerer zu geben.

Meine Hoffnung liegt zwar immer noch darin, dass wir nicht allzu lange hierbleiben werden, aber ein bisschen Alkohol wird bestimmt nicht schaden.

Als sich diese aufgeblasene Person, die als Sarahs älteres Schwester durchgehen könnte, endlich von Phil verabschiedet, steuern wir auf die Bar zu.

Phil bestellt sich ein Bier und ich meinen verdienten Prosecco. Natürlich muss ich diesen auch gleich in einem Zug leeren, als dieser serviert wird und ernte von Phil einen belustigten Blick.

»Trinkst du dir hier gerade etwa Mut an?«, raunt er mir ins Ohr und ich muss bei seiner Frage etwas grinsen. Ich ziehe ihn dichter zu mir und flüstere: »Sorry, das hier ist nicht ganz so mein Metier. Zu viel *Schickimicki* auf einem Haufen.«

Phil nickt verständnisvoll und streicht mir eine Haarsträhne hinters Ohr. »Wem sagst du das. Ich verspreche dir, dass wir nicht allzu lange bleiben werden, okay?«

Innerlich jubele ich über seine Antwort auf und stehle mir einen kurzen, euphorischen Kuss. Da Phil Anstalten macht, diesen Kuss auszudehnen, schüttele ich schmunzelnd meinen Kopf und bringe etwas Abstand zwischen uns. »Du hast wohl noch nicht genug, hm?«

»Du weißt doch, dass ich von dir nicht genug bekommen kann.«

Ich lächle bei seiner Antwort und streiche mit meinen Fingern über seine stoppelige Wange. Im Augenwinkel sehe ich, wie Phils Mutter auf uns zukommt und richte ich mich erfreut auf. Wir begrüßen uns herzlich und ich bin froh, dass ich neben Phil, die erste vertrauenswürdige Person an diesem Abend antreffe.

»Ich hoffe ihr amüsiert euch schön?«, will sie lächelnd von uns wissen. Die Grimassen, die wir ihr daraufhin schenken, sind wohl Antwort genug. Ich möchte wirklich nicht unhöflich wirken, da sich Phils Mum anscheinend gut mit dieser Claudia versteht. Aber da sich Phils Begeisterung ebenso in Grenzen hält, zucke ich einfach mit den Schultern.

»Ach die Generation von heute …«, tönt Gabi amüsiert und wir beginnen alle zu lachen. Phils Mutter ist eine tolle Person und ich mag sie wirklich gerne. Aber es wird mir wahrscheinlich immer ein Rätsel bleiben, warum sie sich so gut mit Sarahs Mutter versteht. Wobei es mich ja im Grunde aber auch gar nichts angeht …

»Ich muss Mia jetzt leider entführen«, teilt Phil seiner Mutter nach unserem kurzen Gespräch mit. »Ich habe dort hinten Richard und Paul gesehen. Wir sehen uns später!«

Zum Abschied winke ich Gabi noch kurz zu und lasse mich von Phil zu einem dieser Stehtische geleiten. Die Zwei sympathisch wirkenden Typen, die diesen Tisch für sich eingenommen haben, führen gerade ein sehr amüsantes Gespräch über das übertriebene Auftreten mancher Gäste. Sie machen sich zwar über die ein oder andere anwesende Person lustig, nehmen sich dabei aber auch selbst aufs Korn und deshalb bin ich mir ziemlich sicher, dass ich mich gut mit ihnen verstehen werde.

»Wir stören euch doch nicht beim Turteln?«, witzelt Phil und schlägt den beiden mit einer freundschaftlichen Geste auf die Schulter.

»Hey Mann. Mit dir haben wir heute nicht gerechnet«, beginnt der etwas kleinere, dunkelhaarige Typ mit der legeren Nerdbrille.

»Und wer ist denn diese Augenweide?«, richtet er das Wort an mich und scannt mich von oben bis unten ab. Da er das auf eine nicht unangenehme Art und Weise macht, beginne ich zu grinsen.

»Schon wieder im Flirtmodus, ich glaub es ja nicht ...«, bringt sich jetzt auch Phils anderer Freund ein, der mit seinen kurzgeschorenen, blonden Haaren und den tiefblauen Augen, bestimmt schon das ein oder andere Frauenherz gebrochen hat. »Damit du nicht gleich ein schlechtes Bild von uns hast – Ich bin der mit den Manieren! Man nennt mich auch Paul.« Galant reicht er mir seine Hand, die ich schmunzelnd schüttele.

»Aber gleich Körperkontakt suchen, ist klar«, feuert Mister Nerdbrille, der dann wohl Richard sein muss, los. Auch seinen Handschlag erwidere ich galant, jedoch lässt er meine Hand nicht gleich wieder los. Erst als ihm Paul eine Kopfnuss verpasst und er sich jammernd über den Hinterkopf fährt, bekomme ich meine Hand zurück.

»Ihr seid unmöglich, wisst ihr das?«, beginnt Phil seufzend. Jedoch kann er das Grinsen, das sich in seinen Mundwinkeln bildet, nicht lange verbergen.

»Um eure Flirtversuche zu unterbinden: Das ist Mia, meine Freundin. Also macht euch nicht zum Affen, sie hat sich schon den Besten geangelt.«

Auch nach zwei Stunden, einigen leeren Prosecco Gläsern und einem vor lauter Lachen schmerzendem Bauch, hat sich meine Meinung über die beiden nicht geändert. Selten habe ich so viel gelacht und fange deshalb so langsam an, mich zu entspannen.

Ich bin froh, dass Phils Freunde nicht so versnobt sind, wie der Rest, der sich hier zur Schau stellt. Richard und Paul sind seit dem Kindergarten mit Phil befreundet und das merkt man auch. Die drei nehmen sich durchgehend auf die Schippe, können aber auch ernste Gespräche führen und oftmals reicht schon ein kurzer Blick als Antwort.

Als ich gerade dabei bin, mein fünftes Glas Prosecco zu leeren, der zugegebenermaßen auch ordentlich „Bums“ hat, verändert sich die Stimmung unter den Dreien. Ich drehe mich in die Richtung, in die sie die frostige Blicke schießen und erstarre selbst.

Sarah steht wie immer selbstgefällig in irgendeinem teurem, aber billig wirkenden Glitzerfummel vor uns und lächelt mich abschätzig an. Ihre Blicke prallen aber an mir ab, da ich nur die Person anstarre, die anscheinend ihre Begleitung für den heutigen Abend darstellt. Ich hätte nicht gedacht, dass ich Sven unter solchen Umständen wiedersehen werde und stehe ziemlich versteinert da.

»Na sieh mal einer an! Das hässliche Entlein ist zum Schwan erblüht«, giftet Sarah los und schmiegt sich bei ihren Worten enger an Sven. Dieser sieht mich nur mit einem undefinierbaren Blick an, den ich demonstrativ ignoriere. Dieser Mensch hat mir in meinem bisherigen Leben so viel Kummer bereitet, dass er nicht mal einen einzigen beschissenen Blick mehr wert ist.

»Verpiss dich Sarah und lass Mia in Ruhe!«, barsch richtet Phil seine Worte an Sarah und betrachtet sie abschätzend. Überfordert mit dieser Situation, sehe ich ihn mit großen Augen an. Dass er sich so für mich einsetzt, gibt mir aber die nötige Kraft, um aus meiner Starre zu erwachen. Vorsichtig lege ich meine Hand auf seine Schulter und sehe ihn beschwichtigend an. »Schon gut, das hat doch keinen Sinn.«

»Ach, bekommst du deinen Mund doch noch auf?«, lacht Sarah höhnisch auf. »Ich dachte schon du würdest dich verkriechen, nachdem jeder weiß, wie du mal ausgesehen hast.« Überheblich beugt sie sich zu Sven und haucht ihm einen Kuss auf die Wange. »Danke nochmal für das *schöne* Foto von Mia.

Hat mich wirklich begeistert.«

Fassungslos fällt mein Blick auf meinen Exfreund und ich kann nicht glauben, was ich da gerade höre.

»Sie hat dieses Foto von dir?«, will ich entsetzt von ihm wissen und schnaube auf, weil er die Frechheit besitzt, beschämt seinen Kopf zu senken. Bestürzt schüttele ich meinen Kopf und merke, wie mir schlecht wird.

»Ich muss mal kurz … auf die Toilette«, sage ich leise zu Phil und verlasse den Raum. Dass er mir folgen wird, war mir klar, aber ich brauche jetzt einfach ein paar Minuten für mich, um wieder runterzukommen.

Vor der Toilette hält er mich zurück und ich sehe ihn mit glasigen Augen an. »Mir geht es gleich wieder gut, versprochen. Ich brauch nur eine kurze Verschnaufpause«, versuche ich ihn zu besänftigen.

»Ich mach den Typen fertig! Mit Sarah bin ich auch ein für alle Mal durch. Die soll sich noch einmal in deine Nähe wagen«, redet sich Phil in Rage und fährt sich aufgebracht durch die Haare. Ich würde ihn gerne beruhigen und sagen, dass alles okay ist, aber das ist es definitiv nicht!

»Lass sie einfach reden. Die beiden sind es nicht wert … Ich gehe wirklich nur schnell auf die Toilette und würde dann gerne gehen, wenn es für dich in Ordnung ist?«

»Natürlich. Ich verabschiede mich noch schnell von Richard und Paul und hole unsere Jacken.«

Dankbar hauche ich ihm einen Kuss auf die Wange und öffne die Tür zu den Toilettenräumen. Erleichtert stelle ich fest, dass alle Kabinen leer sind und schließe mich in die Letzte ein.

Ich klappe den Klodeckel nach unten, setze mich darauf und vergrabe meinen Kopf in meinen Händen. Die Tatsache, dass Sarah hier mit Sven aufkreuzt, wurmt mich überhaupt nicht. Aber dieser Verrat und diese Bloßstellung ist wirklich unterste Schublade und nagt sehr an mir.

Ich weiß nicht wie lange ich hier sitze und einfach fassungslos vor mich hinstarre, aber irgendwann wird es mir zu blöd. Ich darf den Menschen, die mir nicht gut tun, nicht so viel Macht über mich erteilen. Mit gestrafften Schultern schließe ich die Kabine auf und stelle mich vor den Spiegel.

»*Mia, lass dich nicht runterziehen. Atme tief durch, schnapp dir Phil und stolziere hier mit erhobenem Haupt raus! Das schaffst du!*«, spreche ich mir im Geiste Mut zu und verlasse die Toilette.

Als ich wieder den Saal betrete und auf den Stehtisch zusteuere, sehen mich Richard und Paul unsicher an. Man sieht ihnen an, dass sie nicht wissen, wie sie mit mir umgehen sollen, aber ich bin in Ordnung. Mir geht es gut und deswegen lächle ich die Beiden an.

»Ihr müsst mich nicht wie ein ängstliches Reh behandeln, es ist wirklich alles in Ordnung. Sarah kann mich mal gekonnt am Arsch lecken ...«, weihe ich sie ein. Der darauffolgende Applaus der Beiden, lässt mich lachend den Kopf schütteln.

»Das ist die richtige Einstellung«, beginnt Richard.

»Und ich verrate dir etwas …«, fährt Paul fort und ich horche neugierig auf. »… das ist der pure Neid, der aus ihr spricht. Sie ist verdammt eifersüchtig auf dich, weil sie nicht die Klasse besitzt, die du hast. Außerdem hat sie jetzt auch begriffen, dass dich Phil wirklich mag. WinWin Stuation für dich, würde ich sagen!«

Bei seinen Worten erröte ich leicht und trete von einem Fuß auf den anderen. »Hm, Danke! Phil kann sich glücklich schätzen, zwei so tolle Freunde zu haben«, sage ich lächelnd an beide gewandt und sehe mich um. »Wo steckt er überhaupt? Er wollte sich eigentlich nur kurz von euch verabschieden.«

Die zwei verziehen ihren Mund und Paul kratzt sich etwas verlegen an der Stirn, bevor er zu sprechen beginnt. »Sarahs Mutter hat ihn abgepasst. Sie wollte unter vier Augen mit ihm sprechen.«

Bei seinen Worten entgleiten meine Gesichtszüge. Ich vertraue Phil, bin mir aber nicht sicher, was diese heuchlerische Person im Schilde führt und seufze auf.

»Wisst ihr wo ich sie finden kann?«, frage ich nach und lasse meine Schultern hängen, als sie nur mit dem Kopf schütteln.

»Sollen wir dir beim Suchen helfen?«, meldet sich Richard zu Wort, aber ich schüttele zur Antwort meinen Kopf. Zwar finde ich ihr Angebot wirklich nett, aber diesen Kampf sollte ich wohl besser alleine austragen.

»Müsst ihr nicht, das schaffe ich schon alleine. Danke für den netten Abend. Ihr habt ihn so viel angenehmer gemacht.« Ich umarme Phils Freunde noch kurz und versuche das strahlende Lächeln, welches sie mir schenken, zu erwidern.

Etwas unsicher mache mich dann auf die Suche nach Phil und kann das ungute Gefühl, dass sich in meiner Brustgegend entwickelt, nicht hinunterschlucken.

Wie sagt man so schön: „*Der Apfel fällt nicht weit vom*

Stamm“ und da Sarah wirklich zu den hinterhältigsten Personen gehört, die ich kenne, schätze ich ihre Mutter auch so ein.

Die Suche im Saal bleibt leider erfolglos. Auch Phils Mum weiß nicht, wo sich die Beiden befinden und deshalb begebe ich mich ins Foyer. Hier gibt es außer den Toilettenräumen nur eine Wendeltreppe, die ins obere Stockwerk führt. Ich hadere wirklich eine Zeit lang mit mir, ob es in Ordnung wäre, wenn ich nach oben gehe. Ich entschließe mich aber schlussendlich es tatsächlich zu tun.

Die ersten beiden Zimmer im Obergeschoss sind verschlossen und ich bin knapp davor, die Hoffnung aufzugeben. Als sich die dritte und letzte Tür öffnen lässt und ich ein geräumiges Büro betrete, stockt mir der Atem.

Sarahs Mutter liegt schluchzend in Phils Armen und schmiegt sich eng an ihn. Phil hat mein Eintreten nicht bemerkt, da er mir den Rücken zugewandt hat. Claudia jedoch schon. Sie sieht mich mit einem siegessicheren Blick über seine Schulter hinweg an, lächelt dabei höhnisch und presst dann ihre Lippen auf die Phils Mund. Meine Augen weiten sich vor Entsetzen und die Zeit scheint für einen Moment still zu stehen.

Da sich Phil nicht sofort von ihr löst und einfach nur stocksteif dasteht, verlässt ein enttäuschtes Keuchen meine Lippen.

Warum löst er sich nicht einfach von ihr und stößt sie weg? Völlig geschockt verlasse ich fluchtartig den Raum. Ich höre zwar noch sein geschocktes „Mia“, bin aber nicht in der Lage stehen zu bleiben. So schnell wie ich kann, stürme ich die Wendeltreppe hinunter und steuere den Ausgang an.

Kaum draußen angekommen, sehe ich mich hektisch um und laufe einfach los. Wie in Trance bewege ich mich im Laufschritt auf die Straße zu und kann einfach nicht glauben, was ich da gerade gesehen habe.

Die ersten Tränen drängen sich an die Oberfläche und bahnen sich anschließend einen Weg über meine Wangen. Aber ich laufe einfach weiter. Auch die kalte Nachtluft hält mich nicht davon ab, stehen zu bleiben. Als ich nicht mehr in der Lage bin weiterzulaufen, weil meine Lungen fürchterlich brennen, sehe ich mich panisch um. Phil ist mir nicht gefolgt und das ist auch gut so. Zu groß ist die Enttäuschung darüber, dass er sich auf diese intrigante Schlange eingelassen hat.

Mit zittrigen Händen hole ich mein Handy aus meiner Tasche und wähle Claires Nummer.

»Mia, es ist mitten in der Nacht …«, hebt sie gähnend ab, während ich zu schluchzen beginne. »Fuck, was ist passiert?«, höre ich sie alarmiert fragen und ich versuche mich zu beruhigen.

»Kannst du mich bitte abholen?«, frage ich leise und kraftlos nach und lasse mich auf dem Gehsteig nieder. Ich erzähle ihr die Kurzfassung der letzten Minuten und versuche zu erklären, wo ich mich gerade ungefähr befinde. Mit dem Versprechen, dass sie sich sofort auf den Weg macht, legt sie auf.

Keine fünfzehn Minuten später hält Claires gelber Kleinwagen vor meinen Füßen und ich stehe mit gesenktem Kopf auf. Von meinem glamourösen Styling ist jetzt nichts mehr übrig. Meine Tränen haben alles ruiniert.

Claire zieht mich wortlos in ihre Arme und führt mich zur

Beifahrerseite. Wie in Watte gepackt steige ich in ihren Wagen, schnalle mich an und bekomme nicht mal richtig mit, wie wir die Gegend hinter uns lassen. Meine beste Freundin schlägt nicht die Route zu meiner Wohnung ein, sondern fährt zu sich nach Hause, was mir sehr gelegen kommt. Ich möchte jetzt nicht an diesen Ort zurück, an dem ich vor ein paar Stunden noch den atemberaubendsten Sex meines Lebens hatte.

Von diesen Glücksgefühlen, die Phil in mir ausgelöst hat, ist jetzt nur noch bitte Enttäuschung übrig geblieben …

WAHRHEIT

Als wir Claires Wohnung betreten, sehe ich mich bedrückt um. Am liebsten würde ich hier und jetzt zusammenbrechen und meinen Kummer lauthals rausschreien. Das kann ich aber nicht. Die Scham mich so vor Claire zu geben, ist viel zu groß. Obwohl sie meine beste Freundin ist, würde ich mich für so einen Zusammenbruch in Grund und Boden schämen und deshalb versuche das altbekannte Panikgefühl hinunterzuschlucken.

Kraftlos lasse ich mich auf Claires Sofa fallen und schließe meine Augen. Wieder laufen still Tränen über meine Wangen, weil ich mich so wehrlos fühle. Ich brauche jetzt jemanden, der mich auffängt, mir halt schenkt und mir die Hoffnung gibt, dass alles wieder gut werden wird. Und genauso jemand ist Claire.

Als sich das Sofa neben mir senkt und sie sich zu mir setzt, sehe ich mit glasigem Blick zu ihr. Es braucht nicht viele Worte, um zu verstehen, dass ich bitter enttäuscht wurde und

Claire fragt auch nicht weiter nach. Sie zieht mich behütet in ihre Arme, wiegt mich wie ein kleines Kind sanft hin und her und flüstert mir ins Ohr, dass alles gut werden wird. Obwohl ich weiß, dass nichts mehr in Ordnung sein wird, beruhigen mich ihre Worte doch irgendwie. Sie lullen mich ein, helfen mir dabei, nicht mehr so zu verkrampfen und irgendwann fallen mir sogar die Augen zu.

Im Halbschlaf bekomme ich noch mit, wie Claire meinen Körper vorsichtig auf das Sofa bettet, eine Decke über mich legt und dann wird es auch schon dunkel um mich herum.

Als ich das nächste Mal meine Augen öffne, blinzele ich gegen das grelle Tageslicht an, das sich versucht in meine Netzhaut zu brennen. Meine Augen sind total verquollen und ich fühle mich so, als hätte mich ein Laster überrollt. Leider war der gestrige Abend und der damit verbundene grässliche Traum, kein böser Traum. Bewusst wird mir das auch, als ich an mir hinabsehe. Ich muss so schnell wie möglich aus diesem Kleid raus, da ich kurz vor einer Panikattacke stehe.

Claire, die in diesem Moment ihr Wohnzimmer betritt, sieht mich besorgt an. »Endlich bist du wach«, beginnt sie vorsichtig und sieht mich mit wachsamem Blick an. »Du hast verdammt lange geschlafen! Möchtest du duschen? Ich gebe dir natürlich Klamotten von mir.«

Erleichtert nicke ich, drücke ihr beim Vorbeilaufen einen Kuss auf die Wange und haste schnell ins Bad. Ich streife mir das Kleid so schnell wie möglich über meinen Körper und es ist mir auch egal, dass ich den zarten Stoff dabei kaputt mache. Das zerreißende Geräusch, dass ich vernehme, als ich mit meinem Armreif am Kleid hängen bleibe, übt komischerweise sogar ein beruhigendes Gefühl auf mich aus. Mit ziemlicher Sicherheit werde ich dieses Kleid nie wieder tragen. Es würde mir immer wieder vor Augen führen, wie niederschmetternd der gestrige Abend war. Also trete ich symbolisch noch einmal darauf und lasse es dann achtlos am Boden liegen.

Ich steige unter die Dusche, stelle das Wasser an und drehe die Temperatur ziemlich hoch. Der heiße Wasserstrahl hilft mir dabei, meine entkräfteten Muskeln zu entspannen, aber mein Kopfkino lässt sich dadurch leider nicht abschalten.

Immer wieder erscheint das Bild von Sarahs Mutter und Phil vor meinem inneren Auge. Ihr hämisches Lächeln, als sie ihre Lippen auf seine gedrückt hat, werde ich wahrscheinlich nie wieder aus meinem Kopf bekommen. Obwohl meine Haut vom heißen Wasser schon ziemlich gerötet ist, lassen mich diese Bilder frösteln. Schützend schlinge meine Arme um meinen Körper und versuche tief durchzuatmen.

Als ich ein zaghaftes Klopfen an der Tür wahrnehme, schalte ich das Wasser ab, steige aus der Dusche und wickele meinen Körper in eines von Claires überdimensionalen Handtüchern.

»Wie sieht es mit Frühstück aus?«, fragt mich Claire, als ich aus dem Badezimmer trete. »Wobei dafür ist es eigentlich schon zu spät …«, stellt sie dann ernüchternd fest.

»Wie spät ist es denn?«, will ich von ihr wissen und steuere auf ihr Schlafzimmer zu. Da mir Claire schon die passende Kleidung raus gelegt hat, lächle ich sie dankbar an und beginne mich anzuziehen.

Es macht mir nichts aus, dass Claire den Raum nicht verlässt. Vor ihr fällt es mir nämlich nicht schwer, meine Hüllen fallen zu lassen. Sie hat mich immer so akzeptiert wie ich bin. Aber der besorgte Blick, denn sie mir jetzt schenkt ziemlich, verwundert mich doch ziemlich.

»Es ist schon kurz vor ein Uhr mittags! Darf ich dich mal was fragen, Mia?«, erkundigt sich Claire vorsichtig, während ich mir ihr graues Shirt überstreife.

»Klar, darfst du ... muss ich darauf auch antworten?«, versuche ich es im belustigten Ton und bin mir nicht mehr so sicher, ob ich ihre Frage überhaupt hören möchte.

Claire geht aber überhaupt nicht darauf ein und spricht gleich weiter. »Benötigst du Hilfe? Also ich meine ...«

Ich merke, wie schwer ihr diese Worte über die Lippen kommen und weiß im Grunde schon, worauf sie hinaus möchte. In der letzten Zeit wird es mir immer bewusster, dass ich wirklich Hilfe benötige. Professionelle Hilfe. Die gemeinsam mit mir, den schwarzen Dunst, der mich so manches Mal in die Tiefe ziehen möchte, besiegen soll.

»Ich ... ich glaube du hast recht«, gebe ich offen zu.

Wir setzen uns auf ihr Bett und ich beginne einfach zu erzählen. Es tut so gut, sich alles von der Seele zu reden und ich kann das erste Mal seit gestern Abend wieder durchatmen. Ich schildere ihr den Ablauf des gestrigen Abends und lasse kein Detail aus.

Als ich an dem Punkt angelange, an dem sich die beiden küssen, sieht mich Claire mit großen Augen an. »Bist du dir sicher, dass er das gewollt hat?«

Frustriert zucke ich mit den Schultern und lasse meinen Kopf hängen. »Ich habe keine Ahnung. Er hat sie aber auch nicht von sich gestoßen. Ich stand wirklich unter Schock und dachte, ich sehe nicht richtig. Als ich das Weite gesucht habe, ist er mir zwar hinterher, aber ich konnte ihn abhängen«, berichte ich weiter, während einzelne Tränen über meine Wangen laufen. »Es hat einfach so verdammt weh getan und das tut es auch jetzt noch. Ich glaub so richtig realisieren kann ich das Ganze zwar immer noch nicht, weil ich irgendwie noch die Hoffnung habe, dass ich aus diesem Alptraum aufwache.«

Claire hört mir mit Bedacht zu, kräuselt dann aber bei meinen Worten ihre Nase und sieht mich mit undefinierbarem Blick an. »Hat er sich denn schon gemeldet?«, will sie von mir wissen.

»Ich habe mein Handy gestern Abend ausgeschaltet, als du mich abgeholt hast. Ich habe keine Ahnung, ob er sich die Mühe gemacht hat.«

Claire steht wortlos auf und marschiert aus dem Zimmer. Als sie kurze Zeit später mit meinem Handy wiederkommt, sieht sie mich auffordernd an. »Du siehst jetzt nach, ob er sich gemeldet hat!«

Unsicher nehme ich ihr das Telefon ab und kaue nervös auf meiner Unterlippe herum. »Ich weiß nicht, ob ich das kann …«

»Klar, kannst du. Oder willst du nicht wissen, was es mit dieser ganzen Geschichte auf sich hat? Ich kann mir nämlich nicht vorstellen, dass er auf diese alte, verbitterte Schnepfe steht.«

Zögernd sehe ich sie an. Ich weiß nicht, ob ich die Wahrheit verkraften kann. Vielleicht hat ihm der Kuss ja gefallen? Allein diese Vorstellung lässt mich erschauern.

Da Claire es nicht leiden kann, wenn ich so unschlüssig bin, nimmt sie mir kurzer Hand mein Telefon wieder ab und schaltet es ein. Mein Herz klopft wie verrückt und ich habe richtig große Angst, vor dem was mich jetzt erwarten könnte.

Da mein Handy aber keinerlei Regung zeigt und es nicht mal das kleinste Anzeichen eines Piepsens von sich gibt, bildet sich ein enttäuschtes Lächeln auf meinen Lippen.

»Anscheinend bedeute ich ihm doch nicht so viel«, gebe ich resigniert von mir und atme tief durch. Ich habe schon so viele Enttäuschungen in meinem Leben erlebt, da wird es auf eine Weitere auch nicht ankommen … versuche ich mir zumindest einzureden.

Claire setzt sich wieder zu mir, zieht mich seufzend in ihre Arme und sieht mich mit bedauerndem Blick an.

»Sie mich bitte nicht so an«, sage ich leise. Innerlich fühle ich mich gerade ziemlich leer und würde mich am liebsten in irgendeiner Ecke verkriechen und unsichtbar werden.

»Damit hätte ich jetzt ehrlich gesagt auch nicht gerechnet«, gibt sie gedankenverloren von sich.

»Macht es dir etwas aus, wenn ich mich jetzt auf den Weg nach Hause mache? Ich brauche ein bisschen Zeit für mich.«

Claire beäugt mich misstrauisch. »Nur unter einer Bedingung: Ich fahr dich.«

Ehrlich gesagt freut mich ihr Angebot, denn ich fühle mich gerade nicht dazu im Stande, die Straßenbahn zu nehmen. Dankend umarme ich sie und suche meine Sachen zusammen. Das Kleid lasse ich in Claires Bad liegen und bin mir sicher, dass sie es mir nicht übel nehmen wird.

Zwanzig Minuten später schließe ich die Tür zu meiner Wohnung auf und trete befangen ein. Ich will nicht an gestern denken, aber unweigerlich bauen sich die Bilder von Phil und mir vor meinem geistigen Auge auf.

Niemals hätte ich gedacht, dass ich wenige Stunden später mit gebrochenem Herzen dastehen werde. Aber leider ist das Leben kein Wunschkonzert und es spielt einem oftmals übel mit.

Im Schlafzimmer ziehe ich Claires Klamotten aus und schlüpfe in meinen kuscheligen Schlafoverall. Obwohl ich eigentlich ziemlich lange geschlafen habe, fühle ich mich hundemüde und bin davon überzeugt, dass mir ein bisschen Schlaf bestimmt noch gut tun würde Leider gelingt es mir nicht, wieder einzuschlafen, da ich meinen verdammten Kopf einfach nicht abschalten kann.

Ich kann einfach nicht nachvollziehen, warum er sie nicht von sich gestoßen hat. Hat es ihm wohl möglich wirklich gefallen? Übelkeit überkommt mich bei diesem Gedanken und ich versuche tief durchzuatmen. Es hat sowieso keinen Sinn, sich darüber den Kopf zu zerbrechen. Antworten darauf werde ich wahrscheinlich nicht bekommen. Keine Entschuldigung, keine Erklärung nicht einmal ein kurzes Lebenszeichen hat er von sich gegeben. Bedeute ich ihm wirklich so wenig? Fragen über Fragen, die mich nicht zur Ruhe kommen lassen und diesem abscheulichen Gefühl von Ohnmacht weiteren Platz in meiner Seele einräumen. Obwohl all diese beklemmenden Gedanken wie ein Damoklesschwert über mir schweben, fallen mir irgendwann wieder die Augen zu.

Als ich das nächste Mal erwache, bin ich etwas orientierungslos, da mein Zimmer in vollkommene Dunkelheit gehüllt ist. Ich greife nach meinem Handy um mich über Uhrzeit zu informieren. Überrascht stelle ich fest, dass das Display kurz vor Mitternacht anzeigt und ich somit nochmal über fünf Stunden geschlafen habe.

Etwas träge stehe ich auf, trotte in die Küche und mache mich auf die Suche nach etwas Essbarem. Ich habe in den letzten vierundzwanzig Stunden kaum etwas zu mir genommen und die Auswirkungen bekomme ich jetzt zu spüren. Mir ist total schwindelig und auch etwas flau im Magen. Zuerst trinke ich ein großes Glas Wasser und hoffe, dass ich davon einen kleinen Energieschub bekommen werde. Danach bereite ich mir eine große Schüssel Müsli mit frischem Obst zu und setze mich vor den Fernseher. Immer wieder starre ich auf mein Handy, in der Hoffnung, dass sich Phil meldet, aber nichts geschieht.

Die Nacht verbringe ich auf dem Sofa. Switche mich durch das Fernsehprogramm, aber kein Film oder Sendung kann mich so richtig in seinen Bann ziehen.

Als die Sonne langsam aufzugehen beginnt, beschließe ich eine Runde joggen zu gehen. Das habe ich wirklich schon seit Ewigkeiten nicht mehr gemacht und vielleicht wird es mir dabei helfen, meinen Kopf frei zu bekommen.

Ich ziehe meine Sportklamotten an, die vor wenigen Wochen noch enger saßen und mache mich dann auf den Weg in den nächst gelegenen Park. Im gemächlichen Laufschritt jogge ich ein paar Runden durch den Park und fühle mich tatsächlich nach kurzer Zeit nicht mehr so befangen.

Nach der vierten Runde setze ich mich auf eine Bank, die neben einem großen Baum steht, lehne mich erschöpft zurück und schließe meine Augen. Es ist verblüffend, was so ein bisschen Bewegung und frische Luft für positive Auswirkungen haben können und ich beschließe gedanklich, dass ich solche Joggingrunden nun öfters einführen werde.

»Sorry für die Störung. Bist du es, Mia?«, höre ich plötzlich eine Stimme dicht vor mir und ich öffne meine Augen. Vor mir steht Paul, ebenso in Sportklamotten und ich sehe ihn mit großen Augen an.

»Oh hey, mit dir hätte ich jetzt nicht gerechnet«, kommt es zaghaft über meine Lippen. »Alles okay bei dir?«

Eigentlich bin ich nicht in der Stimmung für Smalltalk, aber ich möchte nicht unhöflich sein.

Paul zuckt nur mit den Schultern und sieht mich mit einem komischen Blick an, den ich nicht zu deuten verstehe. »Naja, wie man es nimmt. Hast du das nicht von Phil gehört?«

»Was habe ich nicht mitbekommen?«, frage ich alarmiert nach und richte mich bei seinen Worten auf.

»Phil hatte einen Unfall. Er ist von der Straße abgekommen, als er nach dieser missglückten Feier zu dir fahren wollte. Hat dich denn niemand informiert?«

Mir gefriert bei seinen Worten das Blut in den Adern und ich muss mich wieder setzen.

Phil hatte einen Unfall? Wegen mir?

Ich merke, dass ich nicht mehr klar denken kann und beginne zu zittern. Paul kniet sich vor mich hin, nimmt meine Hände in seine und redet beruhigend auf mich ein. »Atme

Mia, ganz tief einatmen.«

Ich stehe kurz vor einer Panikattacke und das scheint auch Paul zu bemerken. Mit großer Mühe versuche ich seinen Anweisungen zu folgen und hole mehrmals ganz tief Luft. Ich kann nicht glauben, was ich da gerade gehört habe.

Einzelne, salzige Tränen lösen sich aus meinem Augenwinkel und ich sehe Paul verzweifelt an. »Ich bin schuld an diesem Unfall«, gebe ich fassungslos von mir und sehe beschämt zu Boden.

»Wie geht es Phil? Ist er schlimm verletzt?«, hake ich bestürzt nach und bin absolut enttäuscht von mir selbst. Wäre ich nicht Hals über Kopf abgehauen, wäre das nicht passiert.

Paul umfasst mit einer Hand meine Schulter, was mich wieder zu ihm hochsehen lässt. »Hör auf dir das einzureden, Mia. Es ist nicht deine Schuld. Er wollte zwar zu dir, es wäre aber auch passiert, wenn er sich auf den Weg zu seiner Wohnung gemacht hätte«, beginnt er zu erklären. »Phil ist einem Reh ausgewichen, das gerade die Straße überqueren wollte. Er hatte Glück im Unglück. Wäre er etwas schneller dran gewesen, hätte das fatale Folgen nach sich gezogen. Er hat sich das Schlüsselbein gebrochen und hatte kurzzeitig innere Blutungen, die aber sofort gestillt werden konnten. Er liegt noch auf der Intensivstation, kann diese aber bald verlassen.«

Seine Worte kommen wie durch eine Nebelwand bei mir an. *Innere Blutungen? Intensivstation?* Oh mein Gott, ich kann das alles nicht glauben …

»Ich … ich … also kann ich zu ihm?«, frage ich verzweifelt nach und versuche mich zu sammeln. Plötzlich sind all diese

Vorkommnisse der letzten Tage absolut unwichtig und ich möchte einfach nur noch zu Phil.

Paul setzt sich neben mich auf die Bank und sieht mich mitfühlend an. »Ich weiß nicht ob das möglich ist. Du kannst ja mal ins Krankenhaus fahren und nachfragen. Ich muss jetzt leider auch weiter. Meine Schicht beginnt bald.«

Paul nimmt mich kurz in die Arme, steht dann auf und joggt dann in die entgegengesetzte Richtung. Wie angewurzelt bleibe ich sitzen und fühle mich miserabel. Das schlechte Gewissen, dass ich für diesen Unfall verantwortlich sein könnte, zerfrisst mich fast. Nervös sehe ich auf meine Armbanduhr und beschließe, einfach ins Krankenhaus zu fahren. Es ist zwar erst acht Uhr morgens und ich bin mir auch nicht sicher, ob ich überhaupt zu ihm gelassen werde, aber ich muss es einfach versuchen.

Kurze Zeit später betrete ich mit klopfendem Herzen das Krankenhaus. Hilfesuchend wende ich mich an den Informationsschalter und frage nach Phil, werde aber nur zu einem anderen Schalter weitergeleitet. Da dieser aber von vielen Menschen belagert wird, mache ich mich entschlossen selbst auf die Suche nach der Intensivstation und verlaufe mich zwei Mal. Wahrscheinlich liegt es daran, dass meine Nerven total blank liegen. Oder es liegt einfach an diesem imposanten Kolos, in dem Menschen in alle möglichen Richtungen strömen.

Als ich endlich den richtigen Weg eingeschlagen habe, steuere ich auf die große Tür der Intensivstation zu, werde aber so ruckartig nach hinten gerissen, dass ich ins Straucheln komme.

»Was zur HÖLLE machst du hier?«, fährt mich Sarah eisig an und ich zucke zusammen.

Energisch versuche ich mich aus ihrem Griff zu befreien. »Das geht dich überhaupt nichts an!«, funkele ich zuerst ebenso giftig zurück. »Ich möchte zu Phil … ich …«, und breche dann doch unsicher meinen Satz ab. Ich fühle mich sowieso schon so elend wegen meinen Schuldgefühlen und Sarah hier anzutreffen, lässt mich total einknicken.

»Pah. Das ich nicht lache. Glaubst du etwa, er will dich sehen? Nachdem DU für diesen Unfall verantwortlich bist? Du solltest dich schämen, Mia«, speit sie mir entgegen und jedes ihrer Worte fühlt sich wie ein scharfer Messerstich an, der sich tief in mein Herz bohrt.

Ich versuche eine gerade Haltung einzunehmen, schaffe es aber nicht, weil sie im Grunde ja Recht mit ihren Unterstellungen hat. Ich bin schuld daran. Wäre ich nicht abgehauen, hätte er die Party nicht verlassen und würde jetzt nicht auf der Intensivstation liegen.

Da mir die Kraft dazu fehlt, um mich auf eine Diskussion mit ihr einzulassen, drehe ich mich wortlos um und verlasse den Eingangsbereich der Intensivstation. Weitere Schuldzuweisungen verkrafte ich im Moment nicht und ich weiß, dass dieses Verhalten mehr als feig ist, aber es geht einfach nicht anders.

Als ich draußen ankomme, stütze ich meine Hände auf meine Knie und atme ganz tief durch. Wenn hier nicht so viele Menschen ein und auslaufen würden, würde ich mich jetzt wahrscheinlich übergeben. Ich reiße mich aber zusammen und mache mich benommen auf den Weg nach Hause. Sarahs Worte rotieren dabei durchgehend in meinem Kopf. Was ist, wenn mich Phil wirklich nie wiedersehen möchte? Wird er wenigstens meine Entschuldigung annehmen? Ich habe keine Antworten auf diese bedrückenden Fragen und hoffe einfach, dass er mir irgendwann vergeben wird.

Zuhause angekommen, verkrieche ich mich gleich ins Bad, schäle mich aus den Sportklamotten und stelle mich unter die Dusche. Ich fühle mich gerade so, als hätte ich ein Déjà-vu. Völlig desorientiert und verzweifelt stehe ich schon wieder unter der Dusche und weiß nicht weiter.

Ich werde nicht noch einmal ins Krankenhaus gehen, möchte mich aber trotzdem bei ihm entschuldigen. Das bin ich ihm einfach schuldig.

Nach der Dusche sitze ich im Schneidersitz auf meiner Couch und starre mein Handy an. Eine lahme Nachricht nach Vergebung, ist jetzt das Einzige, was ich machen kann. Deswegen nehme ich mein Handy und beginne zu tippen:

Mia
Lieber, Phil ... Ich weiß ehrlich gesagt nicht was ich sagen soll. Ich fühle mich so schuldig und möchte dir mit dieser Nachricht sagen, dass es mir leid tut. Wenn ich nicht davongelaufen wäre, würdest du jetzt nicht im Krankenhaus liegen. Das Schicksal ist manchmal ein mieser Verräter. Ich musste das leider schon oft genug erfahren und es tut mir vom Herzen leid, dass es dir jetzt auch so geht.

Ich hoffe du kannst mir irgendwann verzeihen, Mia.

Ich starre die Wortfetzen vor mir an und würde am liebsten noch viel mehr schreiben, halte mich aber zurück. Vielleicht wird er die Nachricht auch gar nicht lesen, weil er mich sowieso schon aus seinem Leben verbannt hat. Trotzdem drücke ich auf „absenden“ und hoffe, dass mein schlechtes Gewissen dadurch ein bisschen zur Ruhe kommt.

Weil ich nicht durchgehend auf mein blödes Handy starren möchte, mache ich mir Etwas zu essen. Leider gibt mein Kühlschrank nicht mehr allzu viel her und ich nehme mir fest vor, demnächst einkaufen zu gehen. Mit zwei Scheiben Toast und ein bisschen Obst sitze ich wieder auf der Couch und würge das Essen runter. Appetit habe ich zwar keinen, aber ich muss etwas zu mir nehmen, ansonsten wird der nächste Zusammenbruch nicht lange auf sich warten.

Am Abend habe ich leider noch immer keine Antwort von Phil erhalten. Entmutigt lege ich mich in mein Bett und lasse meinen Tränen freien Lauf. Irgendwann fallen mir meine Augen zu und ich träume davon, dass es Phil bald wieder besser gehen wird und er mich noch immer als Teil seines Lebens ansieht. Entsprechen Träume immer nur der Wunschvorstellung? Oder können sie auch wahr werden?

Am nächsten Morgen werde ich durch das Piepsen meines Handys geweckt. Mit geschlossenen Augen greife ich danach und fahre mir verschlafen über die Augen.

»Hallo…?!«, nehme ich den Anruf mit belegter Stimme an.

»Hey, ich bin es.« Phils Stimme versetzt mir einen sehnsüchtigen Stich und ich setze mich kerzengerade auf.

»Phil?« Ungläubig frage ich nach, weil ich gerade nicht sicher bin, ob ich träume. Ein Blick auf mein Handy verrät mir aber, dass ich mir dieses Telefonat nicht einbilde und mein Herz beginnt augenblicklich zu rasen.

»Es tut mir verdammt leid, Mia …«, kommt es mit kraftloser Stimme von ihm. »Deine Nachricht hat mir fast mein Herz zerrissen. Du trägst doch keine Schuld an diesem verdammten Unfall. Dieser Abend war eine reine Katastrophe und viele ungünstige Fügungen haben zu diesem fatalen Ende geführt. Wenn ich die Zeit zurückdrehen könnte, dann hätte ich dich niemals auf diese Feier geschleppt. Ich weiß zwar nicht ob du mich noch sehen willst, aber ich würde dir gerne etwas von Angesicht zu Angesicht sagen.«

Mit angehaltenem Atem lausche ich seinen Worten und bin ziemlich sprachlos. Felsenfest war ich davon überzeugt, dass er nichts mehr mit mir zu tun haben möchte.

»Natürlich möchte ich dich noch sehen«, sprudelt es sofort aus mir heraus. »Ich dachte eher, dass du mich nicht mehr sehen möchtest. Ich war gestern nämlich im Krankenhaus …«

»Du warst hier?«, fragt Phil überrascht nach und ich seufze bei der Erinnerung an den gestrigen Morgen auf.

»Ich habe Paul im Park getroffen und er hat mir von deinem Unfall erzählt. Ich bin aus allen Wolken gefallen, weil ich nichts von diesem schrecklichen Vorfall wusste. Ich bin dann sofort ins Krankenhaus gefahren und wollte zu dir. Sarah hat mir aber unmissverständlich mitgeteilt, dass du mich nicht sehen möchtest.«

Am anderen Ende der Leitung ist es ziemlich still geworden und ich habe schon die Befürchtung, dass er mir nicht glauben wird.

»Fuck, Mia! Ich habe Sarah das letzte Mal auf der Feier gesehen. Sie hat gar keinen Zutritt zur Intensivstation und ich hätte sie auch nicht sehen wollen.« Phil atmet geräuschvoll aus und ich bin wieder einmal ziemlich verwirrt. Wieso läuft mir Sarah immer zu den unpassendsten Zeitpunkten über den Weg? Meint es das Schicksal wirklich so schlecht mit mir?

»Ich versteh das alles nicht ...«, gebe ich frustriert von mir und schließe meine Augen.

»Ich glaube es wird das Beste sein, wenn du einfach herkommst. Dann können wir über alles reden. Sie haben mich heute auf die normale Station verlegt und in einer knappen Stunde beginnt die letzte Besuchszeit. Vorausgesetzt du willst überhaupt kommen.«

Natürlich möchte ich und würde das auch am liebsten laut ins Telefon rufen. »Ich mach mich sofort auf den Weg. Bis gleich!«, gebe ich schnell von mir und lege nachdem sich Phil verabschiedet hat, auf.

Oh Gott, ich weiß nicht ob ich dieses ganze Gefühlschaos überstehe. Ich bin absolut verwirrt, freue mich aber trotz allen Umständen, dass ich ihn gleich wiedersehen werde.

Mit neuem Elan sprinte ich ins Bad, putze meine Zähne und lege ein leichtes Makeup, welches aus ein bisschen Concealer, Mascara und Lipgloss besteht auf. Meine Mähne binde ich zu einem hohen Pferdeschwanz zusammen und eile zurück ins Schlafzimmer. Da ich es unangebracht finde, mich jetzt aufzubrezeln, ziehe ich nur ein schwarzes Longsleeve mit Rundausschnitt und meine geliebte Skinny Jeans an.

Pünktlich zum Beginn der Besuchszeit stehe ich vor der Tür, die in Phils Krankenzimmer führt und kann mich nicht dazu überwinden, anzuklopfen. In den letzten achtundvierzig Stunden haben sich so viele negative Dinge ereignet, dass ich einfach Angst habe, dass dahinter noch eine weitere böse Überraschung auf mich warten könnte.

Ich rufe mir aber die Worte von Phils Telefonat ins Gedächtnis, impfe mir selbst ein, dass alles gut werden wird und klopfe zögerlich an. Als ich ein leises „herein“ wahrnehme, drücke ich die Klinke nach unten und trete mit klopfendem Herzen ein.

Wie schon erwartet, muss sich Phil das gemütlich eingerichtete Krankenzimmer mit niemandem teilen. Seine Familie ist ja ziemlich wohlhabend und da hätte es mich ziemlich verwundert, wenn er in ein überfülltes Sechs-Bett Zimmer gesteckt worden wäre. Zögerlich gehe ich auf das Bett zu, in dem Phil liegt und lächle ihn gequält an.

»Ich bin ganz schlecht in solchen Dingen. Außerdem fühle ich mich gerade richtig mies, weil ich dir nichts mitgebracht habe. Soll ich schnell Blumen besorgen, oder willst du lieber Schoko? Ich kann dir auch was zu lesen holen, damit dir nicht langweilig wird.«

Phil quittiert mein nervöses Gequatsche nur mit einem Schmunzeln. Mit seiner linken Hand klopft er auf das Bett und ich setze mich zu ihm. Leider sieht er ziemlich mitgenommen aus. Auf seiner Stirn prangt ein großes Pflaster und seine rechte Schulter wird von einer Art Gurt gestützt. Mein schlechtes Gewissen meldet sich bei seinem Anblick sofort wieder zu Wort und ich muss mich beherrschen, damit ich nicht sofort zu heulen beginne.

»Es geht mir gut, Mia. Du musst mich nicht so ansehen, als würde ich gleich das Zeitliche segnen«, lässt er mich wissen.

Seufzend schüttele ich meinen Kopf, weil ich das nicht witzig finde. »Wenn ich nur nicht davon …«

Phil unterbricht mich, indem er mir seinen linken Zeigefinger auf meine Lippen legt. »Zerbrich dir nicht mehr den Kopf darüber. Fakt ist, dass dich keine Schuld trifft. Lass uns diesen ganzen Scheiß einfach hinter uns lassen. Okay?« Mit eindringlichem Blick sieht er mich an und ich nicke zaghaft. »Ich würde dir gerne erklären, was es mit der Sache in diesem Büro auf sich hatte.«

Meine Schultern sacken nach unten, als sich das Bild von Phil und Sarahs Mutter wieder vor mein geistiges Auge schiebt. Nervös kaue ich auf meiner Unterlippe herum und bin mir nicht sicher, ob ich mit seinen Worten klarkommen werde. »Phil, ich war einfach absolut geschockt. Ich …«

»Ich weiß das …«, unterbricht er mich sofort. »… und es tut mir verdammt leid, dass du das mitansehen musstest.«

Phil streicht sich verzweifelt mit der unversehrten Hand über das Gesicht und sieht mich dann wieder ernst an.

»Als wir beschlossen haben nach Hause zu fahren, habe ich mich noch von Richard und Paul verabschiedet. Ich wollte unsere Jacken holen, aber dann ist Claudia aufgetaucht. Sie war total aufgelöst und meinte, sie müsste kurz mit mir unter vier Augen sprechen. Natürlich war ich skeptisch, bin aber trotzdem mitgegangen. Ich dachte, es wäre etwas Ernstes vorgefallen.«

An seinen Lippen hängend, beobachte ich, wie Phil angewidert seinen Kopf schüttelt. »Sie hat mich dann in ihr Büro geführt und fing an darüber zu reden, wie gut ich doch in ihre Familie passen würde. Sie erzählte auch, dass es ihr momentan sehr schlecht ging, weil Sarahs Vater anscheinend an Krebs erkrank ist. Irgendwie tat sie mir leid und ich habe sie dann anstandshalber in den Arm genommen … «, erläutert er mir und ich schließe bei seinen Worten meine Augen, weil ich weiß, was als Nächstes kommen wird.

»Leider habe ich nicht mitbekommen, wie du den Raum betreten hast. Als sie ihre Lippen auf meine gedrückt hat, bin ich vollkommen erstarrt. Ich habe diesen Kuss in keiner Form erwidert und ich hoffe, du kannst mir das irgendwann glauben.«

Unsicher öffne ich meine Augen wieder, als sich seine Hand um meine schließt. Natürlich glaube ich ihm, trotzdem werde ich dieses Bild nicht so schnell vergessen können.

»Es war so schlimm für mich …«, gestehe ich flüsternd und versuche die Bilder, die sich automatisch abspielen möchten zu verdrängen.

»Ich habe darauf gewartet, dass du sie von dir schiebst, aber das ist leider nicht geschehen! Ich konnte mir das nicht länger ansehen und bin geflüchtet. Das dann so etwas Schlimmes passiert ist einfach nur ungerecht … und es tut mir verdammt leid.« Die Tränen, die sich jetzt an die Oberfläche bahnen, kann ich nicht mehr zurückhalten.

Phil zieht mich mit seiner gesunden Hand zu sich und ich vergrabe mein Gesicht in seiner Halsbeuge.

»Shhht … nicht weinen, meine Hübsche.« Sanft haucht er mir Küsse auf meine Haare und ich bin gerade absolut dankbar, dass ich seine Nähe wieder genießen darf.

»Vielleicht hätte ich es schon früher sagen sollen, aber ich habe mich in dich verliebt, Mia. Und das ist mir nicht erst durch diesen Unfall bewusst geworden, sondern schon lange Zeit davor.«

Automatisch halte ich bei seinen Worten die Luft an und sehe ihn mit großen Augen an.

»Sag das bitte nochmal …«, stammele ich ungläubig.

Phil streicht mir mit seiner starken Hand über meine Wange und ich schmiege mich dagegen. Mein Herz vollführt gerade ein Trommelkonzert in meiner Brust und ich bin immer noch absolut überwältigt von seinen Worten.

»Seit ich dich das erste Mal gesehen habe, gehst du mir nicht mehr aus dem Kopf. Ich habe noch nie so einen liebevollen und verpeilten Menschen wie dich getroffen. In deiner Nähe kann ich so sein wie ich bin und muss mich nicht verstellen. Ich vermisse dich, wenn du nicht da bist und dein Gequassel, das manchmal wirklich keinen Sinn ergibt, erheitert mich immer wieder.« Ein Schnauben entfährt mir bei seinen Worten, jedoch beginne ich gleich darauf zu grinsen.

»Ernsthaft Mia, ich möchte das volle Programm mit dir. Ich möchte jeden Tag neben dir aufwachen, deinen anbetungswürdigen Körper verführen und gemeinsam mit dir die schrägsten Dinge erleben.«

Seine Worte sind Balsam für meine Seele und ich bekomme eine Gänsehaut. Voller Emotionen vergrabe ich mein Gesicht wieder in seiner Halsbeuge, atme seinen unvergesslichen Duft ein und schluchze unweigerlich auf.

»Okay, muss ich mir jetzt Sorgen machen?«, will Phil lächelnd wissen.

Heftig schüttele ich meinen Kopf, bin aber nicht in der Lage zu sprechen. Zu überwältigt bin ich gerade von meinen eigenen Gefühlen.

Er will mich – voll und ganz – mich. Mit jeder meiner Macken. Und ich will ihn auch so sehr.

Als Beweis lege ich meine Lippen auf seine und küsse ihn mit voller Hingabe. Zwar muss ich ein bisschen aufpassen, dass ich nicht zu stürmisch werde, trotzdem fühlt sich dieser Kuss einmalig an.

»Wow, okay! Also ich gehe mal davon aus, dass du dasselbe für mich empfindest«, mutmaßt Phil, als er sich von mir löst.

Mit strahlenden Augen sehe ich ihn an und finde endlich meine Sprache wieder. »Mehr als das! Ich habe noch nie für jemandem so empfunden wie für dich«, gestehe ich. »Und ich werde nicht mehr zulassen, dass sich irgendjemand zwischen uns drängt.«

Bei meinen letzten Worten legt sich ein finsterer Zug auf Phils Gesicht. »Ich möchte diese Geschichte mit Sarah und Claudia ein für alle Mal aus der Welt schaffen. Ich werde ihnen auch klipp und klar sagen, dass ich keinen weiteren Kontakt mehr möchte. Und du sollst dabei sein, wenn ich das mache.«

Mit gemischten Gefühlen höre ich ihm zu und bin mir nicht sicher, was ich davon halten soll. »Du musst das nicht wegen mir machen …«

Phil schüttelt seinen Kopf. »Ich mache das nicht nur wegen dir. Ich möchte es so. Ich habe keine Lust auf dieses falsche, ekelhafte Getue und mir reicht es endgültig. Sarah hat dir dein Leben bisher verdammt schwer gemacht und ich kann mir das nicht mehr weiter mitansehen. Ich werde die Beiden morgen hierher bestellen und ihnen endgültig meine Meinung sagen.«

Da Phil dieses Statement mit so einer Entschlossenheit von sich gibt, werde ich ihm nicht widersprechen. Mir kann es im Grunde ja nur Recht sein, wenn mir Sarah in Zukunft nicht mehr über den Weg läuft.

Erleichtert darüber, wie sich das alles gerade entwickelt, kuschele ich mich wieder an ihn und fühle, wie die schwere Last der letzten Stunden langsam von mir ablässt.

Ehrlich gesagt hat mich die Nachricht von Phils Unfall auch in die Zeit, als der schlimme Unfall meiner Eltern passiert ist, zurückversetzt. Immer mehr wird mir bewusst, dass es an der Zeit ist, dieses Trauma aufzuarbeiten. Gleich morgen in der Früh, werde ich einen Termin für eine Sitzung bei meiner ehemaligen Therapeutin ausmachen. Ehrlich gesagt hätte ich das schon viel früher in Angriff nehmen sollen.

»Weißt du denn schon wie lange du im Krankenhaus bleiben musst?«, frage ich nach, weil ich jetzt nicht weiter an das Geschehene denken möchte.

»Wahrscheinlich ein paar Tage. Ich muss noch einige Untersuchungen über mich ergehen lassen und dann sehen wir weiter. Ich werde auch Physiotherapie machen müssen, da ich mit einem gebrochenen Schlüsselbein nicht weit kommen werde.«

Schmerzverzerrt verziehe ich bei seinen Worten das Gesicht, weil ich wahrscheinlich nicht einmal im geringsten Maße nachvollziehen kann, unter welchen Schmerzen er gelitten hat und aktuell leiden muss.

Deshalb versuche ich mit den wenigen lustigen Anekdoten aus meinem Leben, Phils Stimmung ein bisschen anzuheben. So verbringen wir dann den ganzen Tag über in seinem Krankenbett.

Als gegen Abend eine Krankenschwester hereinkommt und uns darüber informiert, dass die Besuchszeit eigentlich schon lange vorbei ist, sehe ich Phil geknickt an. »Was würde ich jetzt dafür geben, um bei dir bleiben zu können«, hauche ich gegen seine Lippen und küsse ihn zärtlich.

Phil erwidert den Kuss innig und streicht mir eine Haarsträhne hinter mein Ohr. »Dagegen hätte ich natürlich absolut nichts einzuwenden!«

Nach einem weiteren langen Kuss und einer Krankenschwester, die räuspernd darauf wartet bis ich mich von ihm löse, verabschiede ich mich von ihm und mache mich auf den Weg.

Heute habe ich sogar Glück, denn die Bahn ist ausnahmsweise nicht rappelvoll und ich bekomme sogar einen Sitzplatz. Die ganze Fahrt denke ich darüber nach, wie viel Glück Phil eigentlich hatte. Ich möchte mir gar nicht ausmalen, was alles Schlimmes hätte passieren können. Obwohl das Schicksal es nicht allzu gut mit uns meint, stoße ich trotzdem ein kleines Gebet aus und hoffe, dass es in der nächsten Zeit keine ungünstigen Fügungen und Tragödien mehr geben wird.

Am nächsten Morgen stehe ich um neun Uhr mit einer herrlich duftenden Tüte voller Muffins vor Phils Zimmertür und klopfe an. In dieser Nacht konnte ich endlich wieder mal ein paar Stunden am Stück schlafen und fühle mich wie neugeboren. Natürlich hoffe ich auch, dass Phil trotz aller Umstände und Schmerzen genug Schlaf abbekommen hat und trete nach seinem „*komm rein*“ beschwingt ein.

Sofort halte ich aber inne, als ich Sarah und ihre Mutter an Phils Bett stehen sehe. Sie reden beschwichtigend auf ihn ein und am liebsten würde ich sofort den Rückzug antreten und mich aus dem Staub machen. Aber da Phil mich ja gerade erst rein gerufen hat und somit weiß, dass ich da bin, wird aus diesem Fluchtgedanken nichts. Also gehe ich zaghaft auf ihn zu, drücke ihm einen Kuss auf die Wange und stelle die Muffins auf dem kleinen Tisch, der am Fenster steht, ab.

Mir ist bewusst, dass sich die Blicke der zwei Hexen dabei in meinen Rücken brennen, lasse mir aber nichts anmerken. Unbemerkt straffe ich meine Schultern, setze ein halbwegs nettes Gesicht auf und stelle mich dann ihnen gegenüber an Phils Bett und lege meine Hand auf seine unversehrte Schulter. Anscheinend hat Phil schon ein Machtwort gesprochen, denn die giftigen und bissigen Blicke bleiben mir dieses Mal erspart.

»Da Mia jetzt hier ist, kann ich euch gerne nochmal versichern, dass ich meine Worte verdammt ernst meine. Euer perfides Spiel könnt ihr bei jemand anderem abziehen. Für mich hat sich diese Sache ein für alle Mal erledigt, da ich auf so ein falsches und hinterhältiges Getue keinen Bock habe. Ich liebe Mia und das solltest vor allem du …« Er zeigt mit dem Finger auf Sarah, die nervös auf ihrer Unterlippe herum kaut. »… endlich mal einsehen. Für mich ist im Grunde alles gesagt. Falls ihr euch noch bei Mia entschuldigen wollt, dann könnt ihr das jetzt gerne machen. Den Ausgang kennt ihr ja schon.«

Wow, ich bin gerade etwas überwältigt und weiß ehrlich gesagt nicht, wie ich mich verhalten soll. Zwar habe ich mit einer ordentlichen Ansage gerechnet, aber dass er so direkt wird, haut mich wirklich vom Hocker. An Sarahs Schnauben erkenne ich, dass sie eine Entschuldigung nicht als angemessen betrachtet. Claudias Blick könnte man fast als schuldbewusst deuten. Die ablehnende Haltung, die sie aber an den Tag legt, zeugt jedoch vom Gegenteil. Wortlos verlassen die Zwei dann das Zimmer, während Phil ihnen kopfschüttelnd nachsieht.

»Hey, hier spielt die Musik …« Sanft drehe ich seinen Kopf mit in meine Richtung und lächle ihn leicht befangen an. »Mach dir nicht so viele Gedanken um die Beiden. Sie sind es einfach nicht wert!«

Um Phil ein bisschen abzulenken und um diese negative Stimmung zu verdrängen, lege ich meine Lippen auf seine. Meine Zunge bittet dabei sanft um Einlass und diesem Wunsch kommt Phil sehr zu meinem Gefallen sofort nach. Ruhig und zärtlich umspielen sich unsere Zungen. Meine Hände wandern dabei in seinen Nacken und kraulen diesen leicht. Als Phil Anstalten macht, den Kuss zu intensivieren, löse ich mich widerwillig von ihm.

»Hey Cowboy, wir müssen es langsam angehen. Stell dir mal vor, die Krankenschwester von gestern Abend würde jetzt hier reinplatzen. Die würde mich hochkant rauswerfen. Außerdem musst du dich noch schonen …«

Phil quittiert meine Fürsorge mit einem gespielt gequälten Blick, schmunzelt dann aber und deutet auf die mitgebrachte Tüte. »Ist die für mich?«

Strahlend nicke ich und überreiche ihm die Tüte mit den absolut göttlichen Muffins. Phil hat mir nämlich schon vor längerer Zeit erzählt, dass er nur diese Muffins aus der Bäckerei in seiner Straße isst.

Als ihm klar wird, welche Köstlichkeiten ich ihm mitgebracht habe, strahlt er mich so herzerwärmend an, dass ich weiche Knie bekomme.

»Verdammt, ich glaube ich muss dir einen Heiratsantrag machen.«

Grinsend schüttele ich meinen Kopf, schnappe mir einen Stracciatella Muffin aus der Tüte und stöhne genüsslich auf, als ich reinbeiße. »Okay, jetzt weiß ich warum du keine anderen Muffins mehr anrührst! Das nenn ich mal Foodporn der Sonderklasse«, meine ich mit vollem Mund und beiße gleich noch einmal ab.

Unter Phils brennendem Blick verspeise ich den Rest dieses absolut göttlichen Muffins, wische meine Finger an einer der mitgebrachten Servietten ab und erwidere seinen intensiven

Blick. »Sieh mich nicht so an. Ich werde hier nicht über dich herfallen«, lasse ich ihn lachend wissen.

Phil zieht mich wieder in seine Arme, legt seinen gesunden Arm um mich und beugt sich nach vorne, um den Duft meiner Haare zu inhalieren.

»Was hast du gerade gesagt? Ich habe dich nicht verstanden«, haucht er auf meinen Scheitel und schauspielert so, dass ihn der süßliche Geruch meiner Haare in Trance versetzt.

Ich bin wirklich froh, dass ihn dieser Unfall nicht verändert hat und er noch derselbe Clown ist, der mich immer zum Lächeln bringt.

»Du Scherzkeks! Erzähl mir wie deine Nacht so war …«

Ich lege mich zu ihm auf das Bett, lasse mich von seinen Erzählungen berieseln und habe nach langer Zeit das Gefühl, endlich angekommen zu sein …

HAPPY END

Die nächsten Tage verlaufen alle ziemlich ähnlich ab. Nach der Uni besuche ich Phil im Krankenhaus und wir verbringen den restlichen Tag zusammen. Da wir so viel Zeit miteinander verbringen, stellen wir immer wieder mit Erstaunen fest, wie viele Gemeinsamkeiten wir besitzen.

Wir lieben beide deutsche Musik, indisches Essen und hassen Fahrstühle. Außerdem können wir Städtetrips nicht ausstehen und planen schon unseren ersten gemeinsamen Urlaub am Strand.

Das Einzige wo wir uns nicht einig sind ist, welches Haustier wir uns irgendwann einmal anschaffen werden. Phil liebt Hunde und ich bin eher der Katzentyp. Vielleicht werden wir uns ja trotzdem einig und finden die perfekte Lösung. Eines steht aber jetzt schon fest: Sollten wir uns einen Hund anschaffen, darf Phil bei strömendem Regen Gassi gehen!

Meine Stimmung hat sich in den letzten Tagen auch erheblich gebessert. Ich hatte meinen ersten dringend benötigten

Termin bei Doktor Gold und bereue es nicht, diesen Schritt gewagt zu haben. Es tut wahnsinnig gut, sich alle Gedanken und Sorgen von der Seele zu reden und Ratschläge zu erhalten, die man auch wirklich umsetzen kann.

Heute ist der Tag an dem Phil entlassen wird und ich bin schon seit den frühen Morgenstunden verdammt nervös und laufe wie ein aufgescheuchtes Hühnchen herum. Insgesamt musste er acht Tage im Krankenhaus verbringen und obwohl ich dieser sterilen Umgebung im Grunde nicht viel abgewinnen kann, waren diese Tage besonders. Wir haben viel gelacht, aber auch ernste und tiefgründige Gespräche geführt und ich kann es kaum erwarten, wie sich unsere Beziehung außerhalb dieser vier Wände entwickeln wird.

»Hast du Alles?«, frage ich nach und sehe mich noch einmal in dem gemütlichen Krankenzimmer um. Phil nickt und macht Anstalten, seine schwere Tasche aufzuheben.

»Yes, Mam. Wir können endlich abhauen.«

Unter seinem Protest schnappe ich mir die schwere Tasche und hänge sie mir über die Schulter. Obwohl es ihm wirklich schon besser geht und er auch an Mobilität zurückgewonnen hat, soll er sich laut den Ärzten noch schonen.

Als wir aus dem Krankenhaus treten, holt Phil tief Luft. Es ist ein sonniger Tag, die Vögel zwitschern und es weht eine sanfte Brise. Eigentlich perfekt geeignet, um seine Freizeit an der frischen Luft zu verbringen.

»Obwohl ich die letzten Tage wirklich mit dir genossen habe, bin ich verdammt froh, dass ich jetzt endlich wieder in Freiheit bin«, gibt er seine Erleichterung zu.

Ich schenke ihm ein wissendes Lächeln und gemeinsam steuern wir Gabi an, die schon vor ihrem Wagen auf uns wartet. Verständlicherweise wollte sie es sich nicht nehmen lassen, ihren Sohn persönlich abzuholen und nimmt ihn daraufhin auch gleich herzlich in den Arm. Auch ich komme in den Genuss ihrer warmen Umarmung und ich freue mich jedes Mal, wenn wir aufeinandertreffen.

Auf der Fahrt erzählt sie uns, dass Claudia den Kontakt überstürzt abgebrochen hat. Sie weiß zwar nicht warum, hat aber auch nicht weiter nachgefragt. Sie nimmt es einfach so hin, da die beiden schon länger keinen guten Draht mehr zueinander hatten. Phil hat seine Mutter von den vergangenen Vorkommnissen nicht in Kenntnis gesetzt. Zwar haben wir irgendwie erwartet, dass Sarahs Mutter diesen Schritt machen wird, da sie aber anscheinend lieber den Kontakt zu einer langjährigen Freundin abbricht, ist es wahrscheinlich sowieso das Beste.

Phils Mum chauffiert uns zu seiner Wohnung und begleitet uns noch mit nach oben. Wieder einmal bin ich ziemlich überrascht, als wir die Wohnung betreten. Denn obwohl es schon einige Zeit her ist, als ich das letzte Mal hier war, wirkt es so als hätte Phil die Wohnung erst vor kurzem verlassen. Alles ist blitzeblank sauber und wenn ich mich auf die Suche nach Staub begeben würde, müsste ich wahrscheinlich lange suchen.

Natürlich steckt Gabi dahinter, weshalb Phil sie auch mit hochgezogenen Augenbrauen, aber mit einem Lächeln auf den

Lippen ansieht. »Okay, so sauber habe ich meine Wohnung definitiv nicht verlassen …«

Seine Mutter zuckt nur unschuldig mit den Schultern und legt einen Arm um ihren Sohn. »Ich glaube die Heinzelmännchen waren hier. Im Ofen wartet auch eine Kleinigkeit auf euch. Ich werde mich jetzt auf den Weg machen, damit ihr ungestört ankommen könnt.«

Noch einmal umarme ich sie fest und hauche ihr ein geflüstertes *Dankeschön* ins Ohr. Den Blick, den sie mir darauf schenkt, lässt mein Herz erwärmen und ich bin verdammt froh, so eine tolle Schwiegermutter in spe zu haben.

Als wir alleine sind, helfe ich Phil dabei, die Sachen, die er im Krankenhaus benötigt hat, zu verstauen. Danach machen wir uns den leckeren Auflauf, der im Ofen auf uns wartet, warm.

Obwohl Phils linke Seite immer noch von diesem Gurt gestützt wird, versichert er mir immer wieder, dass es ihm gut geht. Ich weiß auch, dass er ein gestandener Mann ist und wahrscheinlich nicht zugeben würde, wenn er starke Schmerzen hätte.

»Kannst du mir bitte mal helfen?«, ruft mir Phil aus dem Bad zu, während ich gerade dabei bin, den Abwasch zu erledigen. Ich trockne meine Hände am Geschirrtuch ab, gehe ins Bad und halte im Türrahmen inne. Phil hat mir den Rücken zugewandt und steht nur mit einem knappen Handtuch, welches um seine Hüften liegt, da. Es fällt mir schwer den Blick von seiner muskulösen Hinteransicht zu lösen und ermahne mich selbst, meine erhitzten Gedanken nicht allzu sehr spielen zu lassen. Förderlich für seinen Heilungsprozess wäre es bestimmt nicht, wenn ich über ihn herfallen würde.

»Du starrst. Ich kann dich im Spiegel sehen«, lässt mich Phil amüsiert wissen und dreht sich dann zu mir um. Ertappt hebe ich schnell meinen Kopf, sehe in seine Augen und begegne seinem funkelnden Blick. Ich versuche mir nicht anmerken zu lassen, wie sehr mich sein Anblick aus der Fassung bringt und gehe auf ihn zu. »Benötigst du Hilfe?«

Mit einem Grinsen auf den Lippen nickt er und deutet auf sein T- Shirt. Vorsichtig helfe ich ihm dabei, das Oberteil anzuziehen und behalte dabei seine Mimik genau im Blick. Da er sein Gesicht weder verzieht noch schmerzverzerrt aufstöhnt, gehe ich davon aus, dass das ein gutes Zeichen ist. Nachdem auch der Stützgurt richtig sitzt, grinst mich Phil spitzbübisch an. »Danke, Frau Krankenschwester.«

»Wow, sind wir jetzt schon bei dem Part mit den Rollenspielen angekommen?«, will ich amüsiert von ihm wissen.

Phil zieht mich zu sich und schmunzelt. »Dich in so einem hautengen Kostüm zu sehen, wäre wohl der Männertraum schlecht hin.«

Bei seiner Bemerkung muss ich kichern. »Kann ich dir denn sonst noch irgendwie helfen?«

»Hm. Ich glaube mein Freund da unten wurde in letzter Zeit ziemlich vernachlässigt. Könntest du mal nachsehen, ob bei ihm alles in Ordnung ist?«

Ich lasse meinen Blick wieder zu seiner Mitte schweifen und beiße auf meine Unterlippe. Diese kleine Vorstellung, mich in einem Krankenschwesteroutfit zu sehen, hat ihn anscheinend nicht kalt gelassen. Unter dem rauen Stoff des Handtuches zeichnet sich nämlich eine beachtliche Wölbung ab. Mit einer gewissen Vorfreude lasse ich meine Fingerspitzen langsam über den Stoff gleiten und schmunzele, als ich Phils raues Stöhnen wahrnehme.

»Und wie soll ich das deiner Meinung nach überprüfen?«

»Ich glaube du findest schon deine Mittel und Wege …«

Eigentlich wollte ich es heute wirklich ruhig angehen lassen und Phil einen entspannten Abend bereiten. Aber ehrlich gesagt kann ich jetzt einfach nicht mehr widerstehen.

Deshalb löse ich langsam das Handtuch von seinen Hüften, sinke dabei auf meine Knie und nehme seinen erigierten Penis in meine Hand. Phils Finger wandern automatisch in meine Haare. Als ich aus dieser Position aufsehe, genieße ich den Anblick, der sich mir bietet. Phil legt den Kopf in den Nacken und leckt sich genüsslich über die Unterlippe. Ich mache es ihm nach, streiche mit meiner Zungenspitze über seinen Schaft und nehme ihn dann ganz in meinen Mund auf. Ehrlicherweise muss ich gestehen, dass ich nicht viel Ahnung von Oralverkehr habe. Ich bin mir auch nicht sicher, ob ich es richtige mache. Phil scheint es dennoch zu gefallen.

Seine Haltung hat sich verändert und seine Bauchmuskeln sind angespannt. Auf seinem Gesicht liegt dieser angestrengte, aber dennoch erregte Zug, welcher mich noch mehr beflügelt und anstachelt. So tief wie möglich, versuche ich seinen Penis aufzunehmen, bewege meinen Kopf dabei auf und ab und unterdrücke den leichten Würgereiz, der sich manchmal einstellt.

Obwohl mich diese Tätigkeit überhaupt nicht stimuliert, erregt sie mich trotzdem über alle Maßen. Ich spüre wie sein bestes Stück in meinem Mund immer weiter anschwillt und als ich eine meiner Hände sanft um seinen Hoden schließe, kommt er so überraschend, dass ich gar nicht anders kann und alles hinunterschlucke.

»Oh fuck, Mia. Ich wollte dich vorwarnen! Aber das kam jetzt verdammt überraschend«, kommt es atemlos von Phil, der mit geweiteten Augen und schuldbewusster Miene auf mich hinab sieht. Man merkt ihm an, dass ihm dieser vorschnelle Orgasmus unangenehm ist. Aber dazu gibt es keinen Grund. Zwar war das gerade eine ganze neue Erfahrung für mich, aber es war absolut nicht unangenehm. Eher im Gegenteil.

»Ist doch nicht schlimm«, lasse ich ihn schnell wissen und richte mich wieder auf. »Es hat mir gefallen … und wenn die Zeit reif ist, kannst du dich ja gerne revanchieren«, bemerke ich noch zwinkernd an.

Auf Phils Gesicht bildet sich wieder sein typisch spitzbübisches Grinsen und ich kann förmlich sehen, wie sein Kopfkino arbeitet. »Wenn ich in der Lage dazu wäre, dann würde ich dich hier und jetzt in diese Dusche zerren und dich vögeln. Aber ich glaub das würde mir meine Schulter ziemlich übel nehmen.«

Bei seiner Antwort muss ich grinsen, lasse diese aber unkommentiert.

Kurze Zeit später stehe ich in Phils Schlafzimmer und betrachte den Inhalt meiner Reisetasche. Welches Outfit wäre wohl die perfekte Wahl für heute Nacht? Ich fackele nicht lange und hole ein schwarzes, hauchdünnes Negligé heraus und greife auch nach dem passenden Slip. Mit dem Anziehen beeile ich mich, da ich Phil in diesem Outfit überraschen möchte und ich bin echt schon gespannt, wie er auf diesen Aufzug reagieren wird.

Als Phil das Zimmer betritt und mich in diesem Hauch von Nichts vor seinem Bett stehen sieht, weiten sich seine Augen. Sein Blick wandert von meinem Gesicht, über mein Dekolleté, bis nach unten zu meinen Zehenspitzen. Lodernde Begierde flammt in seinem Blick auf und ich habe noch nie erlebt, dass mich jemand so intensiv begehrt.

Doch Phil tut es und diese Erkenntnis überwältigt mich und lässt mich alles andere vergessen.

»Ich hoffe dir gefällt mein Outfit …«, kommt es ungewohnt selbstbewusst, aber auch leicht atemlos über meine Lippen.

Phil kommt langsam auf mich zu, fährt mit seinem Zeigefinger hauchzart über den Träger meines Negligés, bis hin zu meinem Ausschnitt. Alleine diese kleine Berührung hat zur Folge, dass sich meine Brustwarzen aufrichten und ich genüsslich aufseufze.

Ja, verdammt ich gebe es offen und ehrlich zu: Ich bin untervögelt. Natürlich würde ich mich darüber freuen, wenn Phil sich einfach das nehmen würde, wonach wir uns beide verzehren. Leider ist das aber wegen seiner lädierten Schulter nicht möglich.

»Fuck, Mia. Du glaubst doch nicht, dass ich so neben dir schlafen kann?«, will Phil von mir wissen.

»Soll ich es ausziehen? Dann kann es dich wenigstens nicht mehr ablenken«, kommt es kokett über meine Lippen.

Seine Antwort warte ich erst gar nicht ab, und streife mir absolut selbstverständlich das Stückchen Stoff über meinen Kopf und stehe nur noch in dem schwarzen, knappen Slip vor ihm. Seine Augen wandern dabei automatisch zu meinen vollen Brüsten und ich genieße es, wie er mich mit seinen Blicken verschlingt. Als er näher an mich herantritt und seine unversehrte Hand auf meine Brust legt, beiße ich mir voller Vorfreude auf die Unterlippe.

»Du bringst mich um den Verstand«, gibt er mit einem verzweifelten Knurren von sich und zieht mich auf sein Bett, wohl darauf bedacht, seine linke Seite zu schonen.

Vorsichtig dränge ich ihn zum Liegen zurück, entledige mich geschickt meines Höschens und setze mich rittlings auf seine Schenkel. Andächtig lasse ich meine Hände über seine Brust gleiten. Der Anblick, wie sich seine Muskeln dabei verhärten, ist der absolute Wahnsinn. Meine Hände streicheln automatisch über seine stählernen Muskeln, bis hin zu seiner schwarzen, eng anliegenden Boxershort. Fast ehrfürchtig befreie ich seine Männlichkeit aus dessen Gefängnis, platziere mich über ihm und lasse mich vorsichtig auf ihm nieder.

Dieser Sex ist anders, als die anderen Male zuvor. Phil berührt mich bewusster, geduldiger und wir haben alle Zeit der Welt. Die Gefühle, die mich zu überwältigen drohen, sind fast zu viel für mich. Ich habe wirklich noch nie für jemandem so empfunden, wie ich für Phil empfinde und das macht mir ehrlich gesagt auch ein bisschen Angst.

»Hey, nicht weinen …«, haucht Phil gegen meine Lippen, als sich einzelne Tränen aus meinen Augenwinkeln lösen.

Warum ich gerade jetzt so emotional reagiere, kann ich mir auch nicht erklären. »Ich bin einfach so verdammt glücklich«, kommt es leise über meine Lippen und lasse ihn daraufhin, die salzigen Tropfen, die über meine Wangen perlen, wegküssen.

Ich verschließe seine Lippen mit meinen und beginne mich langsam zu bewegen. Wir verfallen in einvernehmliches Schweigen und meine Hüften wiegen sich im sanften Takt zu seinen Stößen, die sich so verdammt gut anfühlen. Während ich Phil immer wieder in mir aufnehme, unterbrechen wir den Augenkontakt für keine Sekunde und in diesem Moment wird mir klar, dass ich mein Leben mit allen Facetten und Farben mit diesem tollen Mann verbringen möchte. Er hat mich sowieso für den Rest der Männerwelt verdorben und ich könnte mir keinen besseren Mann an meiner Seite vorstellen.

»Ich liebe dich so sehr …«

Und mit diesen Worten, erlebe ich den gefühlsintensivsten Orgasmus meines Lebens.

Wir liegen danach noch lange wach und reden über alles Mögliche. Ich erzähle ihm von meinen Ängsten, vertraue ihm meine tief vergrabensten Geheimnisse an und kann im Grunde gar nicht in Worte fassen, wie richtig sich das hier anfühlt.

Da ist jetzt niemand mehr, der sich zwischen uns drängt. Keine Tragödien, rachsüchtigen Aktionen oder Intrigen. Alles was zählt sind wir und ich freue mich darauf, gemeinsam mit ihm zu lachen, weinen, hinzufallen und wieder aufzustehen.

Denn das macht das Leben aus!

ENDE

DANKSAGUNG

Wow, wo soll ich nur starten?

Hätte mir jemand vor Jahren erzählt, dass ich irgendwann mal wirklich ein Buch veröffentlichen werde, hätte ich es wahrscheinlich nicht geglaubt. Ich bin wahnsinnig stolz auf mich, dass ich trotz aller Hürden diesen Weg gegangen bin.

Natürlich möchte ich mich auch bei meiner Familie bedanken, da sie mir oft genug den nötigen Freiraum eingeräumt haben, um an diesem HERZENSPROJEKT zu arbeiten.

Ich bin nicht nur einmal an meine Grenzen gestoßen, habe alles verflucht und wollte aufgeben, aber dennoch sitze ich jetzt hier und schreibe diese Zeilen.

Ich hoffe meiner Community wird auch diese Seite von mir gefallen und freue mich auf einen angeregten Austausch.

Stay tuned für mehr,
in Liebe Anna Whispers.

Printed in Poland
by Amazon Fulfillment
Poland Sp. z o.o., Wrocław

52545640R00141